www.tredition.de

AF185425

Ralf Weidner

ZWISCHEN START UND ZIEL

Erinnerungen eines (fast) normalen 1967 Geborenen

www.binbesonders.de

Impressum:

© 2020 Texte und Fotos: Ralf Weidner

© Foto Vorwort: Georg Magirius

Verlag & Druck: tredition GmbH

Halenreie 40-44

22359 Hamburg

Erstauflage 2020

Umschlaggestaltung, Illustration: Ralf Weidner

978-3-347-08414-8 (Paperback)

978-3-347-08415-5 (Hardcover)

978-3-347-08416-2 (e-Book)

Vorwort:

Dieses Buch ist die Geschichte eines Rufes, der merkwürdig ist. Vordergründig präsentiert Ralf Weidner ein Sammelsurium an pointiert erzählten Anekdoten aus seinem Leben. Das ist nicht gerade wenig. Denn es liest sich amüsant und überrascht. Der Autor versucht erst gar nicht so zu tun, als ob das Leben ein Uhrwerk sei. All jenen, die darauf aus sind, das Leben niemals aus der Reihe tanzen zu lassen, ist von der Lektüre daher dringend abzuraten!

Und doch haben Weidners leicht und lustvoll erzählte Lebenslichter ein untergründiges Thema. Als der Erzähler einen nicht alltäglichen Ruf hört, hat er gerade selbst gerufen. Oder besser gesprochen. Er wolle Pastor werden, sagt der Jugendliche in einer Berufsberatung vor seinen Mitschülern. Sie sind verblüfft, aber auch er selbst. Dabei hat er es doch gesagt! Nur wirkt das Gesagte für ihn neu und fremd. Zugleich scheint er in diesem Ruf heimisch zu sein wie vielleicht nur in wenig anderem.

Der Ruf liegt in dem Gerufenen offenbar schon länger, vielleicht sogar von Anfang an. Bereits als Kind ist da die Begabung, aufgewühlten Menschen ein Wort sagen zu können, das trifft und Leichtigkeit verleiht. Er, der Zehnjährige, sagt es dem Vater, als diesem etwas widerfährt, das ihn zutiefst in Frage stellt. Doch mit einem Mal ist durch den Mund eines Kindes dem Schweren das Unerbittliche genommen. Und es kann weitergehen. Der

Kunst, ein lösendes Wort zu sagen, bleibt der Jungendliche treu. Aber doch geschieht das auf eine Weise, die nicht gerade üblich ist. Denn es geht nicht geradewegs ins Amt des Pastors. Und auch nicht mit Verspätung. Stattdessen sind da viele Umwegen, die allerdings alle zu dieser besonderen Berufungsgeschichte dazugehören.

Denn das Amt allein ist nicht das wahre Ziel, das den künftigen Seelsorger antreibt. Er will mehr! Unendlich mehr: nämlich suchen und finden, gefunden werden und sich mitreißen lassen vom Leben, vom Größten und Kleinsten, vom Letzten und Ersten, dem Ewigen. Es lockt nicht ein Ziel, sondern das Ziel, all jene Momente, bei dem man das Gefühl haben kann, die Uhr steht auf der Zwölf. Es ist das Haus, in dem der Lebenswanderer bleiben darf und will immerdar.

So reist der Erzähler durch Länder und Berufe, überschreitet Grenzen, wechselt die Seiten. Aber nicht weil er sich untreu wird, sondern weil er mit Aufrichtigkeit durchs Leben gehen will. Er feiert das Leben, erlebt Gefahren, hat den Mut zum Irrtum, da sind Zerstörung und ein großes Scheitern. Der Angst schaut er ins Gesicht. Dennoch bleibt es dabei, nein, immer weiter enthüllt sein Leben den Ruf: Ralf Weidner ist Pastor, ein Sich-Sorgender, ein Seelenbegleiter, der Vertrauen erweckt. Denn er weiß, dass das Leben Grenzen hat. Und er hört nicht auf danach auszuschauen, was hinter der Grenze lockt. Er sagt Worte, die weiterführen – um nichts anderes handelt es sich bei diesem Buch.

Georg Magirius, im Mai 2020

Georg Magirius, Theologe, freier Schriftsteller und Journalist für mehrere ARD-Sender. Veröffentlichungen u.a. im Gütersloher Verlagshaus, bei Kreuz, Suhrkamp, edition chrismon, Aufbau. Seit 2002 gestaltet er Konzertlesungen in Kirchen und im Hörfunk und leitet in der 2009 von ihm begründeten Reihe GangART regelmäßig spirituelle Tageswanderungen.

Erinnerungen

Als im Jahr 2012 mein Vater verstarb, war ich auf vielen Ebenen unfassbar traurig. Über einige dieser Ebenen wird hier noch zu lesen sein. Das Zwischenmenschliche, das Verhältnis zwischen Vater und Sohn, die Rollen, die er hatte, seine Persönlichkeit, die sperrig, mitunter auch anstößig war, zumindest wenn man seine Biographie nicht kannte. Und dann war er gestorben. Er hat all die Geschichten, die er in seinem Leben erlebt hatte, die sein Leben reich, vielfältig, kurzweilig und aufregend gemacht haben, mit ins Grab genommen.

Einige kenne ich, viele sind verloren gegangen. Er war am Ziel angekommen, ohne etwas aufzuschreiben. Vermutlich hätte er das auch gar nicht gewollt. Mein Vater hielt sich für völlig unbedeutend. Er konnte sich zu Lebzeiten nicht vorstellen, dass ihn jemand vermissen würde. Er hat einmal zu mir gesagt: „Ihr begrabt mich am besten auf dem Supermarkt-Parkplatz, da bekomme ich wenigstens Besuch". Bis heute besuche ich regelmäßig sein Grab, er fehlt. Seine Persönlichkeit fehlt, sein aufopferndes Wesen, seine Liebe, die er so schwer ausdrücken konnte, sie fehlt. Im vergangenen Jahr konnte ich mir einen langgehegten Traum erfüllen. Ich besuchte eine Weiterbildung zum biografischen Schreiben. Seitdem plane ich aufzuschreiben, was mir zwischen Start und Ziel wichtig geworden ist. Ich selbst würde einschätzen, dass mein Leben bis heute alles andere als langweilig war. Ich habe schon allein beim Sammeln von Stichwörtern und Überschriften gemerkt, welch große Freude es mir bringt, all die Geschichten Revue passieren zu lassen. In Gedanken all den Menschen, die mein Leben bis heute bereichert haben, zu begegnen.

Eine wunderbare Erfahrung. Mit dieser Erkenntnis kann ich zwar immer noch nicht beantworten, wer das hier lesen soll, aber ich habe so viel Spaß daran, dass es sich allein deshalb bereits gelohnt hat, zu schreiben. Es macht mich reich, es macht mich glücklich, es macht mich dankbar, es macht mich demütig vor dem Leben im Allgemeinen. Eins war für mich zu klären, bevor ich mit einem bunten Kaleidoskop unterschiedlichster Geschichten, Eindrücke, Berichte starte. Wo ist der rote Faden? Wo ist das, was meinem Leben einen Rahmen gibt? Mein Lieblings-schriftsteller schreibt im Klappentext eines seiner Werke: „Lieber verglühen, lieber tausendmal Angst haben als sterben müssen nach einem aufgeräumten, lauwarmen Leben". Das ist es, irgendwie war und bin ich immer davon getrieben, das lauwarme Leben hinter mir zu lassen. Leben ist für mich Abenteuer. Mal ruhig und ausgeglichen, mal spannend und mit ordentlich Seegang. Wer auch immer dies irgendwann lesen mag, ich wünsche dabei viel Freude, und auf geht's ins Abenteuer Leben, irgendwo zwischen Start und Ziel.

Auf achtzehn Rädern durch die Zeit

Meine Geschichten die ich schildere, sind nicht chronologisch. Die Reihenfolge muss einen Sinn ergeben. Deshalb fang ich auch tatsächlich damit an, über das Verhältnis zu meinem Dad zu erzählen. Die allermeisten Menschen seiner Generation die ich kenne, sind oder waren, was das unterwegs sein betrifft, von ängstlicher Natur. In meiner Kindheit und Jugend hatten Familien Urlaubsziele. Das kann der Schwarzwald gewesen sein, ein Tal in Südtirol der immergleiche Ort an der Nordsee. Man fuhr dort hin, weil man es kannte, weil es vertraut war, weil es Sicherheit bot. Für mich Ziele von unfassbarer Bräsigkeit, zumindest ab dem zweiten Mal. Ein neues Ziel? Einmal im Jahr Unbekanntes, dass machte die meisten nervös. Das kennen wir nicht, dann lieber wieder ans vertraute Ziel. Mein Dad kannte in dieser Beziehung keinen halben Sachen, bei ihm wurde es das große Ganze. Ein neues Ziel?

Juhu, da war ich noch nie, das ist schön!

Diese Haltung machte ihn zu einem Vollprofi im Vierzigtonner. Jahrzehntelang fuhr er kreuz und quer durch Europa. Am Tag des Mauerbaus war er mit seinem Lastwagen in Berlin. Im Heißen Herbst 1977 bin ich mit ihm unterwegs. Wir fahren an Bonn vorbei, damals Regierungssitz und abgeriegelt wie man es sich in Fort Knox gemeinhin vorstellt. Keinen Hotspot hat er ausgelassen. Er hatte wahrlich eine akademisches Auffassungsgabe, was das Straßennetz im Allgemeinen und die Zusammenhänge im Straßenverkehr im Besonderen betrifft. Im Grunde war er die analoge fleischgewordene Version heutiger Navigationsgeräte. Seinem ersten Navi, gekauft beim Discounter seines Vertrauens, erklärte er regelmäßig, dass der gezeigte Weg länger oder schlechter ist, als der den er kennt, oder einfach so nicht richtig. Steindumme Allerwelts-Routen nervten ihn. Ich erinnere mich an eine Situation, das muss Ende der Neunzehnhundertsiebziger Jahre gewesen sein.

Damals gab es Landkarten. In der Regel brauchte er die nicht. Wir hatten irgendwo in der fränkischen Provinz eine Ausladestelle, die er tatsächlich noch nicht kannte. Das Abladen war unproblematisch, und los ging es Richtung der nächsten Autobahn. Wir fuhren auf einen Zubringer. Ich genoss den Moment, der Diesel röhrte gleichmäßig durchs Fahrerhaus. Irgendwann fährt er unvermittelt auf einen Parkplatz. Das etwas nicht stimmte, konnte ich daran erkennen, wie er mit dem meterlangen Schalthebel die niedrigen Gänge einwarf. Es zischte, Handbremse rein, Motor aus, er schaut mich an. „Ich glaube wir sind falsch, gib mir mal die Karte". Ich war überrascht, ich konnte mich nicht daran erinnern, dass er jemals vorher eine Landkarte gebraucht hätte. Er faltete die im Patentverfahren zusammen gelegte Landkarte auf, verfolgte den Weg, schaut nochmal kurz nach dem Sonnenstand. Dann die für ihn dramatische Diagnose. „Ich bin in die falsche Richtung gefahren". Ich konnte spüren, wie vernichtend diese Feststellung für ihn gewesen sein muss.

Vom heiligem Zorn angetrieben, startete er den Diesel, Gang rein, gewendet und zurück. Kein Wort mehr. Trotz der dreihundertzwanzig Pferdestärken, die kräftig arbeiteten, war es still. Für mich damals kaum auszuhalten. Irgendwann bemerkte ich: „Es waren doch nur zehn Kilometer". Wieder Stille. Seine Bewertung war eisenhalt zu sich selbst. „Das war ungenügend, so etwas darf einem Profi nicht passieren". Wieder Stille, irgendwann kam mir ein Gedanke, der dazu taugen könnte, dem Moment die Schwere zu nehmen. „Weißt du was der Unterschied zwischen einem Amateur und einem Profi ist? Der Amateur wäre weitergefahren, der Profi merkt den Fehler". Stille. Ich habe es vielleicht gehofft, aber nicht erwartet. Die Wirkmächtigkeit dieser Feststellung lies den Uhrzeiger auf der Zwölf anhalten. Ich sah ein Lächeln auf seinem Gesicht. Ich glaube ich habe ihn in diesem Moment unermesslich glücklich gemacht.

Lieber Gott lass mich lang genug leben

Wenn ich bis jetzt von meinem Vater erzählt habe, hat das nichts mit der Wertigkeit meiner Eltern zu tun. Den Satz: „Ich hatte die besten Eltern der Welt" würde ich blind unterschreiben. Meine Mutter war und ist ein Mensch, der zum Vorbild für viele taugt. In meinem Elternhaus hing ein gerahmter Spruch an der Wand mit folgendem Inhalt: „Das will ich mir schreiben in Herz und in Sinn, dass ich nicht für mich auf Erden bin, dass ich die Liebe, von der ich lebe, liebend an andere weitergebe". Genauso hat meine Mutter diese Liebe weitergeben, soviel sie nur hatte. Jeder der sie jemals kennengelernt hat, war einfach nur glücklich darüber. Erstaunlich ist dabei, dass Ihr Start ins Leben alles andere als optimal war. Als jüngstes von vier Geschwister im Krieg geboren und mit 13 Jahren bereits ohne Eltern. Dann bei einer Pflegefamilie die Nachkriegszeit, wobei sie sich dort liebevoll angenommen wusste.

Trotzdem war die Erfahrung, bereits als Kind ohne Eltern sein Leben bestreiten zu müssen, mehr als prägend. Sie hat sich Kinder gewünscht, viele, eine große Familie. Nur leider sollte es zunächst nicht sein. Nach acht Jahren, die meine Eltern bereits verheiratet waren, kam ich zur Welt. Die Geburt war allerdings so schwer, dass die Ärzte von einem zweiten Kind dringend abgeraten haben. So bin ich ein Einzelkind geblieben.

Meine Mutter hat mir einmal erzählt, sie hatte als Mutter wirklich nur eine einzige Sorge. Als sie mit mir nach der Geburt nach Hause kam hat sie gebetet: „Lieber Gott, lass mich wenigstens so alt werden, bis mein Kind erwachsen ist". Die Erfahrung, ohne Eltern groß zu werden, war einschneidend. Sie hat mir all das geschenkt, was sie selbst so sehr vermisste. Und sie hat dabei sich bis ins hohe Alter eine Lebensfröhlichkeit bewahrt, die wirklich Spaß macht. Ab Ihrem dreiundsiebzigsten Lebensjahr auf den Rollstuhl angewiesen, ist sie trotzdem ein Polarstern von Liebe und Lebensfreude geblieben. Ich werde später auch von den schweren Zeiten in meinem Leben erzählen. In diesen Zeiten durfte ich immer wieder erleben, dass ich mich an Ihrer Lebensfreude, an ihrem liebevollen, zugewandten, freundlichen und warmherzigen Wesen aufrichten konnte.

Ich bin froh, dass sie ein Alter geschenkt bekommen hat, in dem nicht nur Platz für Ihren Sohn, sondern auch für Ihre zwei Enkel gewesen ist. Ihr Leben gleicht einem von Herzenswärme gefluteten Monumentalgemälde, und ich durfte der Mittelpunkt sein. Welche ein Geschenk, so eine Mum, und solche Eltern zu haben. Meine Eltern waren bis heute die Menschen, die für mich durch glühende Lava gegangen wären. Meine Mutter würde noch heute, schwer pflegebedürftig, wenn es sein müsste, mit Ihrem Rollstuhl für mich durchs Feuer. Schön- Menschen im Leben zu haben, auf die ich so ausnahmslos zählen konnte. Ich bin nur dankbar!

Vom behütet sein und anderen Hypotheken

Meine Kindheit war rundherum behütet. Zu Hause war ich der Prinz. Dies ist gut an einem normalen Abend in meiner Kindheit zu erkennen. Mein Vater hatte sich irgendwann einen Fernsehsessel gekauft. Die Dinger waren damals absolut hip. Im Design eines Gelsenkirchener Barock, passend zu der im Wohnzimmer vorherrschenden Eiche rustikal. Man setzte sich dort hinein, verlagerte das Gewicht etwas nach hinten und schon stellte sich die Lehne schräg. Gleichzeitig kam vorne eine gepolsterte Auflage heraus, auf der die Beine abgelegt werden konnten. Diesen Sessel hatte ich bereits in den ersten Tagen vollständig für mich annektiert. Daneben stand ein Beistellhocker mit Fernsehheft, Fernbedienung und dem Teller, den mir meine Mutter reichte.

Auf dem Teller Leberwurstbrot mit Senf, Gürkchen und eine Tasse Kakao. Nach einer Weile wurde ich gefragt, ob es noch etwas sein darf. Falls ja, ging Mama in die Küche und lieferte nach! Für mich damals völlig normal, heute, aus der Ferne, eine Apokalypse der pädagogischen Unvernunft. Man kann an dieser Beschreibung bereits erahnen, welche Hypothek ich aus meiner Kindheit bis heute durchs Leben schleppe. Das schreibe ich ohne jeden Groll, ich bin erwachsen genug damit umzugehen, eigentlich. Es geht um meinen alltäglichen Kampf mit dem Kulinarischen.

Ich bin im Grunde der Mensch gewordene Jo-Jo-Effekt. Lebenslang kämpfe ich mit meinen Kilos. Es ist nicht schön, aber ich gebe nicht auf. Welche Grundhaltung dabei vermittelt wurde, kann man an einem einfachen Beispiel sehen. Eines Tages nahm mich einer meiner Freunde mit zum Fußballtraining. Mama hatte mich ausgestattet mit nagelneuer Trainings-Kleidung und mir wurden sogar farblich passende Stollenschuhe gekauft. Es sollte an nichts fehlen. Was dann allerdings passierte, war in meinem Vorstellungsvermögen schlicht nicht angelegt.

Es kam für mich einer unkontrollierten Kernschmelze gleich. Zu Hause angekommen fragte mich Mama, wie es war. Meine angetriebene Antwort war ungefähr so: „Stell dir mal vor, der Trainer wollte die ganze Zeit, dass ich renne!" Ich hatte vermutlich immer noch einen hochroten Kopf, und Mamas Antwort kam prompt. „Ach weißt Du, da musst du nicht mehr hin, hier hast Du ein Stück Schokolade". Meine Welt war wieder in Ordnung. Auch wenn mein lebenslanger Kampf mit den Kilos eher auf Unordnung hindeutet. Bemerkenswert finde ich bis heute, dass ich in meiner Kindheit und Jugend kaum gehänselt wurde.

Kinder stürzen sich gerade bei Angriffspunkten die offensichtlich sind, wie die Geier auf Ihre Beute. Bei mir war es anders. Ich erinnere mich an einen Klassenausflug in den Frankfurter Zoo. Beim Rundgang kam es zur unweigerlichen Begegnung mit anderen Schulklassen. Hierbei fiel eine abfällige Bemerkung, wobei der Unhold direkt eine Packung aus meiner Klasse bekam. Ein Klassenkamerad, der nie um einen flotten Spruch verlegen war, blaffte zurück: „Unser Ralf ist dick, du bist hässlich. Ralf könnte abnehmen, was machst Du?"

Der saß. Ich war stolz auf meine Klasse, trotzdem löste der Vorfall etwas bei mir aus. Ich schaffte es mein Gewicht etwas zu reduzieren. Die Hormone der vor mir liegenden Pubertät klopften an. Ich wollte auch jemand zum Knutschen abbekommen, das war damals das Größte. So nahm ich erstmalig etwas ab. Der so genannte Jo-Jo Effekt trat in mein Leben. Wie ein Bratwurst-Kobold sitzt er seitdem auf meiner Schulter, und zwar in doppelter Ausführung. Der eine flüstert von den kulinarischen Leckereien, die mir alltäglich begegnen. Der andere schreit mir ins fast taube

Ohr, dass ich mich doch zurückhalten möge. Ich übe noch das richtige Hinhören.

Mein einziger Sohn ein Haschbruder

Der Begriff Haschbruder in der Überschrift hat nichts mit den gleichnamigen Drogen zu tun. Mein Vater hatte eine klare Vorstellung von der Welt. Da gibt es die, die seinen Vorstellungen entsprechen. Sie sind fleißig, gehen pünktlich zur Arbeit, und alle vier Jahre zur Wahl. Außerdem haben sie eine ordentliche Frisur - Fassonschnitt. Was zu wählen ist, wird auf Grund der jeweiligen Milieuzugehörigkeit bestimmt. Wir sind Arbeiter, deshalb war klar, was zu wählen ist. Als ich Jahre nach seinem Tod meine Mutter einmal mit dem Rollstuhl zum Wahllokal begleitete, rief sie hinter der Sichtwand im ganzen Wahllokal zu hören: „Der Vati hat immer gesagt, wir wählen SPD, wo ist das ich habe keine Brille". Alles lachte amüsiert.

In der Zeit meiner politischen Persönlichkeitsbildung, als ich die Meinung meines Vater zu hinterfragen begann, war in Hessen ein ehemaliger Bauarbeiter seiner bevorzugten Partei Ministerpräsident. Der hat gesagt, dass der

Ausbau des Frankfurter Flughafens richtig ist. Damit war es für meinen Vater richtig. Er glaubte an die Idee ewigen Wachstums, wie so viele seiner Generation. Ich hatte andere Ideen. Ist die Natur nicht auch etwas wert? Die beginnende Dekade wurde zum Nadelöhr eines kollektiven Aufbruchs. Friedensbewegung – Nato-Doppelbeschluss – Brokdorf – Startbahn West, das waren meine politischen Hot-Spots. Eine Generation begehrte auf und ich war mit dabei. Im Hüttendorf an der Startbahn West fand ich etwas, dass ich von zu Hause nicht kannte. Es wurde opponiert, politische Entscheidungen wurden nicht hingenommen, sondern hinterfragt.

Ziviler Ungehorsam -versus- kleinbürgerliche Sehnsüchte in der langweiligen Welt meiner Eltern. Dass diese heile Welt gerade vom selbstherrlichem Leistungsglauben in calvinistischer Dimension zerstört wurde, konnte die Generation meiner Eltern nicht begreifen. Sie empfanden das Aufbegehren als Akt der Demontage dessen, was sie im Nachkriegsdeutschland aufgebaut hatten. Es taten sich Gräben auf. Für meinen Vater waren die auf der anderen Seite des Grabens Haschbrüder. Sie lebten in verbotener

Weise, lehnten sein Weltbild ab, waren seuchenartige Faulenzer, und zum Friseur könnten sie auch mal gehen. Oben erwähnter Ministerpräsident wurde zum Fürsprecher meiner Elterngeneration, als er im Zuge der Auseinandersetzungen um die Startbahn West in einem Interview von sich gab: „Früher auf dem Bau hat man solche Dinge mit Dachlatten erledigt". Das Zitate brachte ihm den Namen Dachlatten-Holger ein, und meinem Vater die Gewissheit, dass er auf dem richtigen Weg unterwegs ist. Auf der anderen Seite waren die Haschbrüder, die, die man auch mal mit der Dachlatte vermöbeln kann. Ich war auf der anderen Seite. Die Dachlatte des modernen Staates war Tränengas, in dessen Genuss ich reichlich kam. So wurde ich zum Haschbruder!

Die erste Liebe

Unserer Clique traf sich mehrmals in der Woche. Mit voller Personalstärke fluteten wir Wohnzimmer und Keller, wo auch immer man uns hinein ließ. Ich bewundere noch heute die Eltern eine Freundes, die über Jahre eine ganze

Horde Halbwüchsiger ertrugen und es offensichtlich normal fanden, dass wir regelmäßig den Kühlschrank in Allgemeingut transformierten und alles tranken und verzehrten was gerade verfügbar war. Das Füllen oblag dann den Eltern, während wir nicht anwesend waren. Bei diesen Treffen entstanden die ersten Paare, Jugendliebe! Irgendwann war auch ich liiert, nach reiflicher Testphase. Die gemeinsamen Treffen fanden im Sommer im Garten eines anderen Freundes statt.

Wer jemals als sechszehnjähriger Flaschendrehen gespielt hat, und sozusagen von Gesetzes wegen, dem Urteil der Flasche entsprechend entschlüsseln durfte, wird diese Zeit nie vergessen. Pure Anarchie. Heute undenkbar, für uns damals die Wundertüte! Das galt im Übrigen für die Mädels in die andere Richtung genauso. Mir hat Jahre später eine gute Freundin mal nach dem dritten Glas Alkoholmissbrauch erzählt, was Mädels damals so über uns verhandelt haben. Ich würde etwas drum geben, hätte ich das nie gehört!

Soundtrack meines Lebens

Schuld an allem ist Heidi. Heidi, in meiner Jugend engagiert als Gruppenleiterin in der Gemeinde, die für mich zur Heimat geworden war. Zwei bis drei Abende die Woche verbrachte ich im Jugendraum und Heidi war regelmäßig dabei. Sie war ein paar Jahre älter als ich, fuhr einen VW-Käfer, hat mir auf einer Jugendfreizeit nach zu viel Rotwein die erste Aspirin meines Lebens verpasst und irgendwann eine Cassette aufgenommen. C 90, das war damals wichtig, damit konnte man auf jeder Seite eine komplette Langspielplatte aufnehmen. Die Aufnahme von Heidi wurde für mich zum musikalischen Urknall. Da krakeelte eine Kapelle aus Köln Texte die ich als gebürtiger Frankfurter so einfach nicht verstehen konnte. Komischerweise berührte mich die Musik.

Ich wusste noch nicht einmal, wie die beiden Vinyl-Scheiben hießen, egal, die Cassette blieb Tag und Nacht in meiner Anlage. Leider hatten solche Tonträger die Angewohnheit zum einen Qualität zu verlieren und zum zweiten mit der Zeit zu zerreißen. Eines Tages war es soweit. Ich hatte zwischenzeitlich mehrere Wochen eisern gespart. Heidi schrieb mir die Titel der beiden Platten auf einen Zettel: Für Usszeschnigge und Vun drinne noh drusse. Am nächsten Tag stattete ich mit meinem Erspartem und dem Zettel von Heidi dem Plattenladen meines Vertrauens einen Besuch ab. Beide Platten waren vorrätig. Zu Hause angekommen folgte ein Aha – Erlebnis, von für mich damals heilsgeschichtlicher Dimension. Es gab in jeder Platte eine Textbeilage – mit hochdeutscher Übersetzung. Die nächsten Wochen verbrachte ich damit, Lieder zu hören, Kölsch zu lernen, Texte zu verstehen.

Hatte mich bereits in den vergangenen Wochen die musikalischen Künste des Gitarristen in einen magischen Bann gezogen, so ging es mit den Texten ähnlich weiter. Eine so vollkommene Band war mir noch nicht begegnet. Die Texte hatten etwas zu sagen. Die Musik entfachte ein Lebensgefühl und wurden mit einem Feuerwerk poetischer Genialität zum epischen Ganzen. Mir war damals nicht klar, dass dies der Soundtrack meines Lebens sein wird. Seit über vierzig Jahren höre ich Niedeckens-BAP. Mein Leben hat in dieser Zeit Wendungen genommen und die Musik anscheinend ebenso. Sie ist mir gefolgt. Kann man das so sagen? Sie ist mir ans Herz gewachsen. Ich bin tatsächlich auf über hundert Konzerten der Kölsch-Rocker gewesen. Quer durch die Republik. Frankfurt, Offenbach, Kassel, Erfurt, Oldenburg, Karlsruhe, Ulm, habe wenig ausgelassen. Im Jahr Zweitausendsechs lernte ich Wolfang bei einer Lesung persönlich kennen. Er malte mit Filzstift einen Gruß auf meine Gitarre. Ich war beeindruckt. Der Mann hat eine Ausstrahlung, die raumfüllend ist. Freundlich, den Menschen zugewandt, von substantieller Präsenz. Als ich einige Jahre später von seinem Schlaganfall erfahre, bleibt bei mir die Uhr stehen.

Eine Welt ohne den Mann aus der Kölner Südstadt ist für mich unvorstellbar. Im darauffolgenden Jahr steht er wieder auf der Bühne. Ich im Publikum und in Gedanken laufen nochmal die letzten Monate wie ein schlechter Blockbuster ab. Ich kämpfe mit den Tränen. Ob ihm bewusst ist, wie sehr er Menschen begleitet, ohne sie wirklich zu kennen? Ich wünsche Ihm ein langes Leben, wer soll sonst den Soundtrack meines Lebens schreiben, mein Dasein mit Musik untermalen? Schön, dass mir Heidi damals die Cassette aufgenommen hat!

Lehrjahre und Herrenjahre

Wer damals eine Berufsausbildung gemacht hat, kennt den Spruch, der in meiner Überschrift angedeutet ist. Ich fand ihn damals misslungen und finde ihn heute misslungen. Ist er doch ein Ausdruck von substanzlosem Pathos, ohne jeglichen Effekt. Was um Himmels Willen soll ein Sechzehnjähriger mit so einem bedeutungslosen Erguss? An mir ist die Botschaft damals ungelesen vorbeigezogen. Meine Lehre dagegen war bleibend. Ich wurde zum Holzmechaniker ausgebildet. Im Handwerk sagt man schlicht Schreiner oder Tischler.

Mein Arbeitgeber war dagegen etwas Besonderes. Genau die Baufirma, die viele Jahre später angeblich von einem Bundeskanzler aus Hannover gerettet wurde, die aber komischerweise heute nur noch Geschichte ist. Ich durfte dazugehören. Ich war ein Holzmann. Dort gab es eine eigene familiären Wärme. Die Lehrstellen wurden genauso an den Sohn der Putzfrau, wie auch an den vom Aufsichtsrat vergeben. Ich war von zwanzig Lehrlingen tatsächlich der einzige ohne Beziehungen. Drei Jahre lernte ich, wie man aus einem Stück Holz etwas Schönes gestaltet. Und ich hatte reichlich Einsätze auf Baustellen aller Art. Diese Erfahrung war eindrücklich! Nach meiner Lehre wusste ich eins ganz genau. Mein zukünftiger Arbeitsplatz hat vier Wände, ein Dach, eine Heizung, man schaut durch das Fenster nach draußen und es riecht gut. Wer jemals seine Mittagspause in einem Bauwagen mit sieben weiteren schwitzenden Bauarbeitern verbracht hat wird wissen, was ich meine.

Hierbei geht es noch nicht mal so um die unterschiedlichen Gerüche der Kollegen, besonders eindrücklich ist vor allem das Brennen in den Augen. Ein Kollege ist mir besonders ans Herz gewachsen. Er stammt aus dem Land, dass wir heute Ex-Jugoslawien nennen. Er war anders, er hatte Intellekt. Der einzige ohne die Zeitung mit den großen Buchstaben. Mit ihm konnte man sich geistreich unterhalten, wozu wir ausreichend Gelegenheit hatten. Rund drei Monate waren Drago und ich als Duo unterwegs, eine großartige Zeit. Nur einmal fiel er in typische Handlungsmuster eines Bauarbeiters zurück. Ich hatte die glorreiche Idee, er könnte mir doch einen Grundwortschatz der serbokroatische Sprache vermitteln. Ich sah mich schon in den nächsten Jahren mit fließenden Sprachkenntnissen im Urlaub an der Adria. Die Sache hatte allerdings einen Haken. Auf Grund der oben angedeuteten Handlungsmuster war der Lehrplan meines Kollegen suboptimal. Irgendwann habe ich ihm dann nahegebracht, dass ich mich zwischenzeitlich absolut fehlerfrei in einem kroatischen Bordell artikulieren könne, dies war allerdings gar nicht mein Ansinnen. Wir fingen noch mal an. Dobar dan, Dobra večer, Laku noć. Geht doch!

Der lebenslange Freund

So etwas soll es geben. Manche haben einen, andere wünschen sich so jemand. Damit kann man gar nicht früh genug anfangen. Den gibt es bei mir tatsächlich. Wir sind uns erstmalig im Kindergarten begegnet, und wurden Freunde. Seitdem nie mehr aus den Augen verloren. Er ist so einer von der Sorte, von denen es nur ganz wenige Menschen im Leben gibt, und den man auch mal ein halbes Jahr nicht sieht. Dann trifft man sich und alles ist wie immer. Es gibt Vertrauen, es gibt eine kollektive Geschichte, es gibt zahlreich gemeinsame Zeiten. Wir hatten mit unseren Müttern zusammen viele Jahre am Freitagabend eine Skatrunde. Das Ereignis zum Start ins Wochenende. Hier wurden die neusten Witze ausgetauscht, Klatsch und Tratsch verhandelt und natürlich gezockt. Die Skatrunde ist lange Geschichte, die Freundschaft geblieben.

Zwischenzeitlich gehen wir regelmäßig zu unserem bevorzugten Fußballverein. Eine wunderbare Zeit. Die Tiefe unseres gemeinsamen Austauschs beginnt in philosophischen Sphären und endet auf der Grasnarbe des Fußballplatzes. Wer jemals Waldorf und Statler in der Muppet-Show gesehen hat, kann erahnen wie unser Samstagnachmittag in Höchstform abläuft. Wir haben beide zwischenzeitlich reichlich Lebenserfahrung und können auf den unterschiedlichsten Ebenen rhetorischer Klaviatur Gedanken laufen lassen. Das ist dann mitunter feinfühlig wie an den Himmel getuschte Frühlingswolken, kann aber gleichwohl die Grobheit der Wurstfinger eines Landmetzgers haben. Es kommt auf die Tagesform an. Schön, so einen Freund zu haben!

Manchmal zerplatzen Träume

Einer meiner großen Träume war bereits Ende der Achtziger, für eine gewisse Zeit auszusteigen. Mit dem Motorrad in die Sahara, das wäre es. Dann schrieb meine damalige bevorzugte Motorrad – Postille in Zusammenarbeit mit einem großen Motorradhersteller und einem Zigarettenproduzenten eine Weltreise aus. Man bekommt ein Motorrad gestellt, der Tank ist tapeziert mit Zigarettenreklame, so geht es rund um den Globus bei eigener Routenwahl und liefert dazu regelmäßig einen Bericht fürs Magazin.

Einzige Bedingung; Man muss im darauffolgenden Jahr pünktlich im Herbst in Köln auf der IFMA sein. Die damals größte Motorradmesse Europas sollte zu Werbezwecken genutzt werden. Die Ausschreibung war umfangreich, man wollte keinen postpubertären Amateur haben. Ich ging ins Bewerbungsverfahren. Mein großer Pluspunkt war, dass ich bereits die gewollten Erfahrungen hatte, lediglich Wüstenroutine konnte ich nicht nachweisen. Mit äußerster Sorgfalt beantwortete ich die Fragen und stellte

Unterlagen, Nachweise und so weiter zusammen. Die Unterlagen sollten nach Stuttgart zum Verlagshaus. Die Fahrzeit von mir aus betrug zwei Stunden mit dem Motorrad. Es waren gerade wunderschöne Tage, weshalb ich mich dazu entschied, meine Bewerbung persönlich vorbeizubringen. Vor dem Verlagshaus komme ich mit einem Mitarbeiter ins Gespräch. Es stellt sich heraus, dass er auch noch an dem Auswahlverfahren mitarbeitet. Wir reden über eine Stunde. Ich rede über mich, meine Motivation, meine Unterlagen und was es sonst noch so Wissenswertes gibt.

Nach seiner Einschätzung ist der einzige Schwachpunkt meine mangelnde Wüsten-Sanderfahrung. „Du, in Südeuropa gibt es auch Wüsten. Kann es nicht sein, dass Du hier Erfahrungen gesammelt hast, muss ja nicht unbedingt Afrika sein." Er baut mir eine Brücke. Ich gehe nicht darüber. Ich will mich nicht mit Federn schmücken, die mir nicht stehen, ich will ehrlich sein. Schlussendlich scheitere ich kurz vor Schluss. Traum Eins zerplatzt. Ein anderer bekommt den Hauptpreis und fährt um die Welt. Fieberhaft begleite ich ihn, kaufe im zweiwöchigen Rhythmus die

Zweirad – Depesche. Ein Gedanke reift hierbei: Dann eben auf eigene Faust! Ein ganzes Jahr plane ich. Ich muss noch vierzehn Monate auf einen Studienplatz warten. Was für eine Gelegenheit. Neun Monate als Schreiner arbeiten, Geld auf die Seite legen, dann ein halbes Jahr Richtung Sahara. Im Herbst Neunzehnhundertachtundachtzig fahre ich wieder nach Köln zur IFMA. Diesmal will ich das Fernreisezubehör für mein Motorrad ordern. Dann habe ich noch ein gutes halbes Jahr Zeit für den Umbau und im Frühjahr geht es los. Mein erster Weg führt mich jedoch auf den Messestand des Motorrad – Herstellers, der im Jahr zuvor die Weltreise ausgestattet hat.

Dort steht sie, die Maschine, die ich nur aus der Zeitung kannte. Daneben steht der, der mir damals offensichtlich überlegen war. Der mich im Bewerbungsverfahren ausgestochen hat. Wir kamen ins Gespräch, ein netter Kerl. Wie war das bei Dir damals mit dem Bewerbungsverfahren? Ich erzählte ihm von der Brücke, über die ich nicht hinüber bin. Er grinste breit. Das war der entscheidende Unterschied. Er ist drüber. Im Bewerbungsverfahren wurde unter anderem abgefragt, ob jemand schon mal Malaria hatte. Ich nicht; er schon, wie er mir erzählte. Im Unterschied zu mir hat er hier geflunkert. Mit einer ehrlichen Antwort wäre er raus gewesen, hätte ich vielleicht doch damals eine Chance gehabt. Hätte ich doch darüber gehen sollen? Nein, ich komme zu dem Ergebnis, dass mir die Aufrichtigkeit wichtiger war. Wir verabschieden uns, ich bin nachdenklich. Mich muntert auf, dass ich ja nächstes Jahr fahre. Ausgestattet mit einem Stapel Zubehörunterlagen übernachte ich bei einer Freundin in Köln. Voller Vorfreude beginnt der Abend mit intensivem Studium der Prospekte.

Das Telefon klingelt. Ralf das ist für dich. Für mich-, etwas ungläubig gehe ich ans Telefon, mein Vater ist dran. Du da ist ein Brief für Dich gekommen. Aha. Aus Dortmund. Ich kenne niemand in Dortmund. ZVS, die Vergabestelle für Studienplätze, mein Vater platzt fast vor Aufregung. Na, dann mach ihn halt auf. Es raschelt im Hintergrund. Er liest vor „...freuen wir uns Ihnen mitteilen zu können, dass sie im Nachrückverfahren einen Studienplatz in Architektur an der Fachhochschule Frankfurt erhalten". Mein Vater ist aus dem Häuschen, wir verabschieden uns. Mir wird schlagartig klar, dass in dem Moment Traum Zwei zerplatzt ist. Vier Wochen später fange ich an zu studieren. An dieser Stelle mache ich jetzt einen Sprung dreißig Jahre nach vorne. Über das dann Vergangene, meine Scheidung nach rund siebenundzwanzig Jahren Ehe, werde ich später noch schreiben. Tragisch ist für mich, dass sich Geschichte wiederholt. Vor unserer Trennung hatten die Mutter meiner Söhne und ich eine Reise auf der Panamericana geplant. Für ein Jahr sollte es sein, eine gemeinsame Auszeit. Es wurde ein passendes Auto gekauft, es wurden Pläne gemacht. Dass Konzept ist im Grunde fertig in meinem Rechner. Und dann ist sie gegangen. Zum dritten Mal war ein Traum zerplatzt. Während ich das schreibe, fasse ich einen Entschluss. Ich gebe nicht auf! Irgendwann soll es sein. Weltreise, Panamericana, whatever, hier habe ich - frei nach Bert Brecht - den langen Atem!

Moral – Normen in einer besonderen Branche

Im Sommer Neunzehnhunderteinundneunzig spricht mich ein Dozent auf der Zielgerade meines Studiums an. Er hat die Ausschreibung einer Immobiliengesellschaft dabei.

Gesucht wird ein Projektmanager für anspruchsvolle Immobilienprojekte. Die Ausschreibung ist, wie manche Teile der Branche, eine ziemlich entleerte Sammlung großer Worte, gerichtet an von Großmanns-Sucht getriebenen Sehnsüchten. Meine Studienkollegen sind ziemlich beeindruckt. Da willst Du Dich bewerben? Ich war schon immer an solchen Stellen reichlich unerschrocken, so nahm ich den Hörer, der damals noch an einer Schnur hing, und rief an. Bereits am nächsten Tag hatte ich einen Termin beim Geschäftsführer. Der war sehr nett, trotz Blender-Gestaltung im Büro aus Stahl, Glas und Beton.

Wir verabredeten, dass ich in den Weihnachtsferien für eine Woche in den Alltag eines Projektentwicklers schaue. Gesagt, getan, eine Woche nach der ich zwar nicht wusste, was die Grundaufgabe einer zukünftigen Tätigkeit genau ist, trotzdem wurde ich Freitag nochmal zum Chef gebeten. Der hatte einen fertigen Arbeitsvertrag und fragte. was ich verdienen möchte. Ich war an der Stelle ziemlich überrumpelt, stammelte etwas nach dem Motto: „Früher als Schreiner habe ich so viel verdient, dass sollte schon ein wenig mehr sein". Er packte rund zehn Prozent darauf, schrieb die Zahl in den Vertrag und schob ihn mir über den Tisch. Übrigens, da steht auch ein Dienstwagen drin. Ich schaute ihn ungläubig an, schielte auf den Vertrag, fand eine Formulierung mit einem Bayrischen Luxuswagen und hatte es plötzlich sehr eilig mit dem Unterschreiben. So wurde ich Immobilien – Entwickler. Was dies genau bedeutet, dass es sich um einen hoch kreativen Job handelt, einen im Fokus, einen, bei dem man wie unter einem Brennglas sämtliche Prozesse, Planung, Realisierung, Vermarktung in Händen hält, war mir zu dem Zeitpunkt nicht klar.

Gott sei Dank nicht, ich hätte nochmal überlegt! Im August ging es dann los. Ich erwartete einen roten Teppich, der mich direkt zur Luxus-Karosse führt. Dem war nicht so, und nach zwei Monaten stillte ich meine Neugier nach dem neuen Auto, nahm meinen ganzen Mut zusammen und bat um Auskunft. Das sei im Moment noch nicht vorgesehen, ich solle doch nochmal in meinen Arbeitsvertrag schauen. Dort fand ich folgenden Satz. „Es ist vorgesehen, dem Angestellten, nach einer angemessenen Einarbeitungszeit, einen Dienstwagen…". Wann das genau vorgesehen ist, und was eine angemessene Einarbeitungszeit sein soll, blieb diffus. Das Auto schrieb ich in den Wind, aber ich hatte meine Lektion gelernt. Seitdem lese ich Vertragsformulierungen auch zwischen den Zeilen! Zusammengefasst war die Zeit in der Branche, immerhin rund zwanzig Jahre, eine bereichernde Zeit. Es gibt nicht viele Menschen, die für fünf Jahre die Verantwortung zur Planung und Realisierung eines Wolkenkratzers im Frankfurter Bankenviertel haben.

Noch heute freue ich mich und bleibe an den unterschiedlichsten Stellen stehe um zu staunen. In dieser Zeit habe ich auch die andere Seite der Branche kennen gelernt. Hier geht es um unfassbar viel Geld, und mancher erliegt der Versuchung. Ein Architekt, mit dem ich zeitweise vertrauensvoll zusammengearbeitet habe, saß Jahre später wegen Bestechlichkeit im Gefängnis. Auch an mir gingen die Themen nicht spurlos vorüber. Froh bin ich allerdings, dass ich widerstanden habe! Hierbei ist mir eine Situation bis heute nachhaltig im Gedächtnis. Wir verhandelten an dem Tag einen satten zweistelligen Millionenbereich.

Nach den technischen Vergabegesprächen saß ich abends noch in meinem Büro, als plötzlich jemand an meine Tür klopft. Einer meiner heutigen Gesprächspartner. Er hätte mal noch eine Frage. Ich war bis zu dem Zeitpunkt tatsächlich reichlich unerfahren, man könnte es auch naiv nennen und lies ihn ein. Als er hinter mir die Tür schloss, hat es sich komisch angefühlt, aber ich dachte mir (noch) nichts dabei. Meine Erwartung war, vertieft bautechnische Details zu besprechen. Mein Gegenüber jedoch sprach von anderen Dingen. Seine Formulierungen waren zunächst kryptisch wie eine schwäbische Esoterikvorlesung. Langsam wurde er konkreter:

„Es soll ja nicht zu Ihrem Nachteil sein…" oder „Wenn wir zusammenkommen, dann könnte es eine win-win-Situation sein…" - irgendwann dämmerte mir, was der Mann wollte. Dann antwortete ich so wie es meiner ungezwungenen Art entsprach. „Ach wissen Sie, wenn sie mich bestechen wollen, dann muss es schon so viel sein, dass ich nie mehr etwas arbeiten muss". Er blinzelte mir zu und fragte: „An wieviel haben Sie denn gedacht?". Mein Aggregatzustand wechselte schlagartig. So einen plumpen

Versuch hatte ich nicht erwartet. Mir wurde heiß und kalt. Um Worte ringend stand ich auf, öffnete die Tür und gab ihm zu verstehen, dass er sich ganz schnell entfernen möge. In dieser Nacht habe ich nicht gut geschlafen! Zu bemerken wäre zunächst, dass besagte Firma nur wenige Wochen später in Konkurs ging! Das Ereignis machte etwas mit mir. Ich sehe die Welt plötzlich anders. Für meine Kollegen muss ich ein Risiko gewesen sein. Einer der nicht mitmacht. Mit den Jahren konnte ich immer wieder erleben, wie ich in der Branche einsam wurde. Im Übrigen sind meine Erinnerungen kein allgemeines Immobilienbranchen-Bashing, ich habe auch sehr viele redliche Menschen kennen gelernt. Gleichwohl, es ist eine Branche in der die relevanten Zahlen deutlich mehr Nullen vorweisen als in anderen beruflichen Aufgabenbereichen. Somit liegt es auf der Hand, dass hier leider auch mehr „Nullen" versammelt sind, die Vertrauen missbrauchen.

Ostern – Das Judas-Erlebnis

Einmal in meinem Leben hatte ich eine Kündigung im Briefkasten. So einen Moment wünscht man niemand, insbesondere dann nicht, wenn kleine Kinder da sind, eine Familie zu ernähren ist. Wie das Ganze sich allerdings zugetragen hat, war für mich der Blick in den Abgrund. Meine Kündigungsfrist betrug damals drei Monate zum Quartalsende. In dem besagten Jahr fiel der letzte Tag des Quartals auf den Gründonnerstag. Ich fuhr morgens nichtsahnend zur Arbeit und wurde gleich nach dem Eintreffen zum Chef gerufen.

Dieser eröffnete mir, dass sich die Firma von mir trennen will, und ich solle jetzt die vor ihm liegende Aufhebungsvereinbarung unterschreiben. In diesem Moment wird etwas zerstört. Gott sei Dank hatte ich genug Erfahrung und lies mich nicht überrumpeln. „Ich möchte das mal mit an meinen Arbeitsplatz nehmen und in Ruhe durchlesen". „Selbstverständlich", meinte der Chef, der bis zu diesem Zeitpunkt und auch jetzt noch einen Führungs - Kommunikationsstil der Marke „Netter Kumpel" pflegte. Mein nächster Weg führte mich direkt zum Faxgerät. Ich sendete das Pamphlet an meinen Anwalt. Der rief dann auch postwendend zurück und bestätigte mir genau das, was ich auch gedacht hatte: Bloß nicht unterschreiben! Also tief durchatmen, wieder ins Chefbüro und das Schriftstück ohne Unterschrift zurück. „Ja ist in Ordnung", meinte der Chef freundlich. Ich konnte dies für den Moment nicht einordnen, mir war aber auch die Brisanz des Termines durchaus bewusst. Hier ging es um weitere drei Monate Luft. Zu dem Zeitpunkt hatten wir in unserem Büro einen Tischkicker im Pausenraum. Dieser wurde gerne zwischendurch genutzt, um unser kollegiales Miteinander zu stärken.

Auch an dem Tag standen wir mittags mit einigen Kollegen am Kicker, spielten und unterhielten uns. Irgendwann kam der Chef dazu, was nicht ungewöhnlich war, er spielte selbst gerne eine Runde, war allerdings der Schwächste im Büro. Wir dachten uns nichts dabei, nur ich beobachtete die Szene aus gegebenem Anlass heute etwas anders als sonst. Alles wie immer. Der Chef fragt in die Runde, was wir alle so vorhätten, wenn wir uns heute Richtung Ostern verabschieden. Ich erzählte, dass in meiner Gemeinde heute Abend Gottesdienst mit Tischabendmahl gefeiert wird. In Erinnerung an das letzte Mahl Jesu. Dann war Feierabend, ich verabschiedete mich und fuhr nach Hause - wie immer. Abends führte mich mein Weg in die Gemeinde, ein letzter Blick in den Briefkasten, nichts drin. Das letzte Abendmahl ist für einen Christen schon eine besondere Erinnerung. Es geht um Freundschaft, um Miteinander und um Verrat. Und so verlies ich nach diesem Gottesdienst die Kirche und es war etwas mit mir passiert. Ich hatte den Verrat und das Martyrium Jesu in besonderer Weise präsent.

Heimweg. Ich schließe die Tür auf und kann durch den kleinen Schlitz erkennen, dass etwas im Briefkasten liegt. Ich hole den Brief heraus, neben meiner Adresse steht handschriftlich darauf vermerkt: „Einwurf unter Zeugen am 30. März". Im Brief die Kündigung, die somit fristgerecht gilt, da bereits der Einwurf unter Zeugen juristisch ausreicht, wie ich später von meinem Anwalt erfahre. Was für ein Moment! Abendmahl – Judas – Verrat – Kündigung; es gab wenige Momente in meinem Berufsleben die ähnlich negative Emotionen ausgelöst haben, wie dieser Akt der Kündigung. Mein damaliger Chef ist für mich job-übergreifend als das Abbild des Bösen in Erinnerung geblieben. Seitdem sind Tischkicker in Büros und Chefs als „Kumpel-Typen" für mich ein absolutes No-Go!

Heiraten ist nichts für schwache Nerven

Wessen Nerven? Unsere Hochzeit im Jahr 1993 war sehr – sehr unkonventionell, rückblickend hat sie vermutlich bei mehr Menschen das Nervenkostüm strapaziert, als es damals herauskam. Schon allein der Hochzeitsantrag, der keiner war! Man stelle sich einen Abend auf der Couch vor, im Fernsehen liefen vermutlich die Heute-Nachrichten. Die Bundesregierung vom Kanzler der Einheit angeführt, und irgendwie war die Welt gerade in Ordnung. Wer angefangen hat, kann ich nicht mehr so genau sagen, der Dialog müsste in etwa so gewesen sein: „Sag mal, wir könnten auch heiraten. – Ja könnten wir. – Hast Du schon einen Termin? – Wie wäre es mit dem 01. April, falls es in die Hose geht war es halt ein Scherz. – Okay das machen wir so." Zwischenzeitlich kam die Wettervorhersage und die Hochzeit war somit besprochen. In den nächsten Tagen stellte sich heraus, dass man damals nur Freitags heiraten konnte. Gewünschter Termin lag allerdings auf einem Donnerstag. So heirateten wir am 2. April! Für die kirchliche Hochzeit hatten wir uns etwas Besonderes einfallen lassen. Es sollte eine Motorrad – Hochzeit werden. Wir hatten Spaß an dem Gedanken, und die Eltern und Schwiegereltern bekamen Schnappatmung. Deren erstes Problem war die Frage, wie man mit einem weißen Hochzeitskleid denn auf ein Motorrad kommt.

Gar nicht, aber mit schwarzer Lederkleidung geht es. Unser familiäres Umfeld war mehr als irritiert, die Freunde fanden es super. So kamen insgesamt sieben Motorräder zusammen und wir drapierten unsere Helme stilsicher in der Kirche. Der mit Fotografieren beschäftigte Neffe warf mit großem Aktionismus die Blumenvase um, Wasser floss durch die Kirche, der dazugehörigen Tante bleib die Luft weg. Atmen... Atmen... Zur etwas unkonventionellen Versuchsanordnung passte dann auch, dass der Pfarrer nirgends den ausgewählten Hochzeitsvers vermerkt hatte. Unsere diesbezügliche Recherche Jahre später ergab:

Nichts! In unserem Freundeskreis war bekannt, dass für uns der Mensch und nicht die Kleidung zählt. So kam einer meiner besten Freunde in abgeschnittener Jogginghose zur kirchlichen Trauung. Mir doch egal, ich war überglücklich, dass er da war, hatte er doch eine Anreise quer durch die Republik auf sich genommen. Die am besten angezogenen Gäste waren dann auch Eltern und Schwiegereltern. Noch Jahre später wurde in unserem Freundeskreis das Fest als eine der besten Partys „ever" gewertet.

Nach der Polizeistunde gings mit mehreren Gitarren und zwei Kisten Bier bis zum nächsten Morgen im Feld weiter. Einziger wirklicher Schwachpunkt der ganzen Veranstaltung, dass konnten wir damals weder wissen noch ahnen, noch hat es jemand sonst für möglich gehalten: Geschieden! Scheidung, auch nichts für schwache Nerven, dazu später im Buch noch mehr.

Gott verteilt Geschenke

Wenn es etwas in meinem Leben gibt, dass für mich die größten Geschenke sind, dann meine beiden Jungs. Kinder zu bekommen und ihr Heranwachsen zu begleiten, zu erleben, Teil davon zu sein, hat eine unvergleichliche Dimension. Es gibt täglich Erlebnisse, die ganze Bücher füllen würden. Ich war bei beiden Geburten dabei, wobei ich überdurchschnittlich viel mitgeholfen habe. Meine schwerpunktmäßige Tätigkeit bestand darin, so zu atmen, dass ich im Kreissaal nicht umkippe.

Ich mochte früher schon keine Schlachthäuser, da gibt es genauso viel Blut. Ich finde es eine bemerkenswerte Leistung. in der Situation das Gleichgewicht zu halten. Besonders in Erinnerung habe ich noch den Moment, als einer unserer Jungs sich im Geburtskanal festhielt. Vielleicht hatte er eine Ahnung, was ihn in dieser Welt so alles erwartet. Manchmal wäre ich heute noch lieber dringeblieben. Sei es drum, das Kind musste raus. Der anwesende Arzt hatte bereits vorher ein Bettlaken am Seitenteil festgebunden, dessen Funktion sich für mich zunächst nicht erschloss. In dem Moment war ich dann doch raumgebend verwirrt, denn was sich abspielte, hätte ich in meiner wildesten Phantasie nicht geahnt. Der Arzt hielt sich am Laken fest und warf sich in grenzenloser Rohheit auf den Bauch der Schwangeren. Es hatte den Eindruck, als würde er eine zu groß geratene grobe Mettwurst auspressen. Schwupp, da war er. Ich maß dem Akt der Mettwurst keine Bedeutung mehr bei, denn mein Sohn war da. Die Hebamme kam auf mich zu und hielt ihn mir hin. Nehmen sie ihn mal. Ich schaute mich um. Wer ich?

Na, wer denn sonst, los ich muss mich um Ihre Frau kümmern. Mit zitternden Händen hielt ich ein kleines rosa Fleischbündel in meinem Pranken. Bloß nicht umfallen. Ich kann bis heute nicht sagen, wie ich diesen Moment, auch noch zweimal, überstanden habe. Wenn Gott Geschenke verteilt, dann ist das schon etwas Bemerkenswertes! Diese Geschenke haben einen lebenslangen Unterhaltungswert. Insbesondere wenn man auf andere Eltern trifft. Ich erinnere mich noch an den ersten Elternabend im Kindergarten. Die Erziehrinnen hatten die Ministühle in einem sozialpädagogisch korrekten Stuhlkreis mit gestalteter Mitte angeordnet. In der Mitte lagen einige Alltagsgegenstände. Jeder sollte sich spontan etwas nehmen und dann sich dazu zu öffnen, was bedeutet, zu erzählen, was man im Blick auf sein Kind mit diesem Gegenstand assoziierte. Ich konnte schon damals diese Spielchen nicht ausstehen, so nahm ich einen Tischtennisschläger. Während die anderen Eltern über die bereits zur Geburt geplanten Karieren Ihrer Ableger fabulierten, brodelt in mir eine gewisse Anspannung.

Und was fühlen Sie für Ihren Sohn wenn sie den Tischtennisschläger ansehen. Die meinte tatsächlich mich. „Ich habe ihn nur genommen, weil kein Hammer da war." Es wurde still. „Mich machen so Spielchen wütend, und der Tischtennisschläger hat ja auch einen Griff, wie ein Hammer." Es war immer noch still. Die Erzieherin schnappte unauffällig nach Sauerstoff. „Aber sie haben doch sicher Wünsche für die Zukunft Ihres Sohnes?" „Von mir aus kann er Müllmann werden, Hauptsache er wird glücklich." Die Erziehrein gab das Wort sehr schnell an die Dame neben mir weiter. Ich glaube ich habe den Abend ruiniert, ein Dialog wie erwartet kam dann wohl nicht mehr zustande. Schade nur, dass keiner den letzten Halbsatz ernsthaft wahrgenommen hat. Dieser war, im Gegensatz zu meinen Ergüssen davor, tatsächlich so gemeint. Wenn meine Jungs erwachsen sind, möchte ich ihnen nur eine Frage stellen. Diese Frage ist mein Barometer. „Bist Du glücklich mit dem was Du machst?"

Wenn dann ein JA kommt, ist alles richtig. Ich hatte meinen Ruf weg. Eines Tages kam ich nach Hause und die Mutter meiner Söhne erwartete mich mit dezent gerötetem Kopf. Innerlich verzog sich mein angeborener Comedy-Kobold- es roch nach Alarm. Falls Du Deine Jürgen von der Lippe CDs suchst, die habe ich weggeschlossen – zischte sie schnippisch. Genannter ist einer meiner bevorzugten Comedians und ich habe zahlreiche Scheiben von ihm. Dummerweise ist seine Wortwahl mitunter aus der anzüglichen Kelleretage. Dies hatte unser Sohn zielsicher erkannt und offensichtlich im Kindergarten mit ungewohnter Vokabularkenntnis beeindruckt, die den Erzieherinnen die Schamesröte ins Gesicht trieb. Als er mittags von seiner Mutter abgeholt wurden, musste sie im Büro zum Rapport antreten. Sagen Sie mal, woher kennt Ihr Sohn denn Wörter wie,… -nicht jugendfrei-. Mit hochrotem Kopf ist sie dann nach Hause gegangen, hat meine CDs durchforstet, und unter mächtig Restdruck auf mich gewartet. So erlebte ich eine Comedy-Pause für ein Jahrzehnt. Kein Problem bei solchen Geschenken.

Es war kein cooler Spruch mehr frei
Meine berufliche lebenslange Entwicklung war bereits zu einem frühen Zeitpunkt angelegt. Ich erinnere mich genau an den Moment, als in der achten Klasse der Berufsberater zu uns kam. Dieser Mensch hat optisch ausgesehen wie die fleischgewordene Illustration eines Sozialarbeits-Studenten; Runde Brille, Dackelblick, Latzhose, kein Klischee war ihm offensichtlich zu platt, um nicht damit in der Öffentlichkeit aufzutreten. Er nahm am Schreibtisch Platz und leitete eine Runde, in der jeder sagen solle, was er oder sie mal werden möchte. Ah, das ist aber eine sehr interessante Wahl, die Du getroffen hast. Aus diesem Holzschnitt formt er zu jedem meiner Klassenkameraden eine ähnliche Antwort. Ernst nahm ihn bei dem Auftritt

keiner. Ich erinnere mich an zweiundzwanzig Teenager, die bis zur Oberkante Unterlippe mit Hormonen angereichert waren und alles bloß keine Berufswahl im Kopf hatten. Außer vielleicht die strebsame Sabine, aber sie war außerhalb des Protokolls. Mit Sabine hielt man sich gut, denn sie war eine zuverlässige Lieferantin der Hausaufgaben, die sie immer erledigte. Wir schrieben dann von ihr schnell auf dem Schulhof ab, aber das ist eine andere Geschichte. Während unserer Gesprächsrunde mit dem Berufsberater hatten wir alle im Grund nur ein Ziel.

Einen coolen Spruch zu liefern damit die Klasse etwas zu lachen hatte und der Dackelblick noch dackeliger wurde.

Mein persönliches Problem war, dass ich am Ende der Runde saß und alle einigermaßen guten Sprüche bereits mehr als einmal benutzt wurden. Ich war der Letzte und überlegte krampfhaft, ohne dass ich eine zündende Idee hatte. Dann kam ich dran. Der Dackelblick sah in meine Richtung. Und, was möchtest du für einen Beruf erlernen? Ich antwortete, ohne dass ich es mir vorher zurechtgelegt hatte. Im Grunde wusste ich noch nicht, was rauskommt, als ich den Mund öffnete. Ich möchte Pastor werden.

Stille. Meine Klasse schüttelte sich kollektiv, ungläubiges Staunen waberte durch den Raum. Nach einer elend langen Zeit fingen die Ersten an zu lachen, was sich zu einem kollektiven Orkan entwickelte. Ich hatte meinen Auftritt. Der Einzige, dem das Lachen im Hals stecken blieb, war ich selbst. Was habe ich da gerade gesagt, brüllte es in mir. Ich konnte damals noch nicht ahnen, dass es Jahrzehnte später Realität werden sollte. Bis heute frage ich mich, ob mir Gott hier ganz bewusst die Antwort mitgegeben hat, um ein Fundament zu ziehen. Das Ganze ließ mich nicht mehr los.

Theologie – etwas ganz anderes

Anfang des neuen Jahrtausends absolvierte ich eine Prädikantenausbildung. Der Volksmund sagt Laienprediger. Es machte mir große Freude, in meinem Umfeld Vertretungsgottesdienste zu übernehmen. Mit der Zeit kam ich jedoch immer mehr an Grenzen. Diese liegen in der Natur der Ausbildung, irgendwie muss sich ein Studium dann doch unterscheiden. Ich wollte mehr. Ohne berufliche

Ambitionen, lediglich als zusätzlichen Input. Erste Anlaufstelle war meine Landeskirche, insbesondere weil hier ein Masterstudiengang für Seiteneinsteiger angeboten wird. Nach telefonischen Kontakten bewarb ich mich wie im Telefonat besprochen. Gemeldet hat sich die Stelle dann jedoch nicht mehr. Nach einiger Zeit wollte ich dann wissen, wie das Bewerbungsverfahren denn weiter geht. „Das tut mir leid, wir haben vorgestern das Bewerbungsverfahren abgeschlossen" meine die Dame am Telefon.

Ich war irritiert, bohrte nach, sie konnte sich jedoch nicht an mich, meinen Namen und meine Bewerbung erinnern. Ich sollte mich nächste Woche nochmal melden. Gesagt, getan, diesmal konnte die Dame mit meinem Namen etwas anfangen. Sie hatte die alten Unterlagen nochmal gesichtet. Die Antwort war umso zerstörender: „Wissen Sie, bei uns studieren promovierte Juristen". Ich war meiner Landeskirche offensichtlich zu ... was auch immer. Wer mich kennt weiß, dass mich solche Erlebnisse ärgern, aber nicht von einem Vorhaben abbringen. Ich recherchierte weiter und fand ein Netzwerk evangelikaler Bibelschulen. Ich landete schlussendlich am Theologischen Seminar in

Adelshofen, das für die nächsten Jahre mein bevorzugtes Ausflugsziel wurde! Männer fahren gelegentlich zum gemeinsamen Ausflug. Es handelt sich dabei meist um Kegelausflüge, Lachsangeln in Mittelschweden oder Eimer austrinken auf Mallorca. Allen gleich ist solcherlei Auszeiten, dass sie für das häusliche Umfeld ein gewisses unkalkulierbares Moment haben. Bestenfalls bringen die Gatten nach einer solchen Unternehmung stinkende Fische mit, die dann die Familienkühltruhe belegen oder im Garten, ersatzweise auf dem Balkon, geräuchert werden.

Von all dem war ich weit entfernt, ich fuhr zum Theologischen Seminar! Das ist ein völlig anderes Universum, zumindest wenn man die zuvor angedeuteten Aktivitäten mit Männerfreude assoziiert. Am Montagmorgen um Sieben Uhr wurde die neue Woche mit einer Andacht begrüßt. Eine Zeit, zu der ich eher selten auf die Idee kommen würde, dorthin zu gehen. Beim ersten Mal raffe ich mich dann doch auf, mehr schlafend als wach. Ich setzte mich auf den erstbesten Platz und transformierte in einen gepflegten Dämmerzustand. Plötzlich tippte mir jemand auf die Schulter. Ich musste mich kurz orientieren und schaute dann in die freundlichen Augen einer der Schwestern aus der Kommunität. „Bei uns sitzen die Brüder dort drüben". Ich saß im Damenblock. Freundlich nickte ich ihr zu und trollte mich auf die andere Seite. Wenn ich dorthin fuhr, musste ich mir über meine Garderobe keine Gedanken machen. Die Kleiderordnung gliederte sich in wenig spektakulär bis unspektakulär, was mir sehr entgegen kam. Meine Vorbereitungen während der Anfahrt hatten im Grundsatz den Fokus dann eher darauf, die in meinem Auto reichlich vorhandenen Tonträger von Alice Cooper bis ZZ-Top zu vergraben. Unangemessen! Dort angekommen meldete ich mich bei der freundlichen Rezeption an und erfuhr, wo ich die nächsten Tage logiere. Dusche und WC übern Gang eingeschlossen.

Die Räume hatten keine Nummern, sondern Ländernamen. Ich wohnte in Hessen, Niedersachsen und Pommern. Zu Baden - Württemberg und Bayern hatte es nicht gereicht. Dafür war ich im Laufe der Zeit häufig im Internationalen Flügel und wohnte in Pakistan! Kein Witz! Wenigstens gab es in Pakistan ein recht neues und gemütliches Bett. Ich wohnte gerne hier. Man musste in Pakistan sein

Bett selbst machen, was bei mir regelmäßig dazu führte, dass ich nachts auf einem wurstartig zusammengerollten Bettlacken erwachte. Ich fuhr gern dorthin und fragte mich immer, ob der Erfinder von „Oh wie schön ist Panama" nicht einfach nur auch mal am Theologischen Seminar war. Oh wie schön ist Adelshofen. Auf dem Heimweg holte ich meine Tonträger heraus und es lief: School is out! Mit der Zeit wurde mir auch klar, was meine tatsächliche Bestimmung ist. Die Studienwochen am Seminar begannen in der Regel mit einer Vorstellungsrunde. Name, Familie, Kinder, Gemeinde. Gemeinde? Was ist das für eine Gemeinde. Landeskirche, und auch noch die liberale Hessische!

Ich hatte meinen Ruf weg, war verdächtig wie ein Agent im kalten Krieg. Interessanterweise machte ich ähnliche Erfahrungen nach meiner Rückkehr zu Hause. In besagter liberaler Gemeinde begegnete man mir ebenso mit Distanz. Was ist mit Ihm vergangene Woche passiert? Gehirnwäsche? Ist er jetzt ein klebriger Evangelikaler? Nichts von alledem ist eingetreten, ich habe es allerdings als meine Bestimmung angenommen Brücken zu bauen. Denn das ist nur zu biblisch, manchmal muss man Menschen daran erinnern. Paulus sagt an einer Stelle, die für mich zum Credo wurde: „Denn unser Wissen ist Stückwerk". Das letzte Drittel meines Studiums verbrachte ich dann in Zürich. Ich mag die Schweizer, ein wunderbares Gemüt. Unaufgeregt und mitunter für unsere Verhältnisse sehr reduziert. Für die letzte Präsenzwoche sollte es etwas Besonderes sein. Da wird gefeiert! Ein eidgenössischer Studienkollege übernahm die Reservierung eines Tisches in Zürich. Ich mietete mich zur Feier des Tages ausnahmsweise in einem sündhaft teuren Hotel ein.

Der Abend kam und wir waren mit circa fünfzehn angehenden Theologen unterwegs. Dabei zwei Deutsche. Nach dem Abendessen, es war kurz nach halb Acht, gingen die Schweizer allesamt nach Hause. Der deutsche Kollege und ich sahen uns irritiert an. Merke: Wenn sich hier die Menschen zum abendlichen Feiern verabreden, dann gehen sie essen und dann nach Hause. Und noch etwas habe ich hier vor Ort gelernt. Du darfst als Deutscher fast alles, bis auf eine Sache, die sorgt für Blutdruck. Ahme nie den Schweizer Dialekt nach, es ist verlockend, aber die Blicke

58

sind vernichtend. Ich mag die Schweiz, hier mal als Pastor, warum nicht!

Die Sache mit dem Schalter

Bei meinem Vater war immer etwas los. Stillstand war für ihn nicht auszuhalten. Als er in Rente ging, traf ihn der Moment, obwohl offiziell herbeigesehnt, mit voller Wucht. Die damals bewohnte Vierzimmer – Altbauwohnung meiner Eltern wurde in den ersten Wochen komplett renoviert. Mein Vater wurde Stammgast im örtlichen Baumarkt und die Wohnung erstrahlte in neuem Glanz. Doch irgendwann dann doch der Moment, an dem die Farbe getrocknet war. Der Moment, an dem alles renoviert war. Und jetzt? Ich kam zu Besuch und traf meine Mutter an. Wo ist denn der Vati? An der Autobahn. Bitte? .. ich war verwirrt. Meine Eltern wohnten damals am Waldrand ungefähr einen Kilometer von der nächsten Autobahnbrücke entfernt. Mein Vater hatte sich ein Funkgerät gekauft, stand auf der Autobahnbrücke und funkte mit den alten Kollegen. Irgendwie tat er mir leid! Ich konnten in den nächsten Wochen spüren, wie angespannt die Stimmung meiner Erzeuger war. Keine angenehme Zeit, auch für meine Mutter, die zeitlebens ein Vorbild an Gelassenheit und Ausgeglichenheit war. Im Grund das absolute Gegenteil meines Vaters, vielleicht war das ihr Rezept, gemeinsam alt zu werden. Ich fühlte mich verpflichtet regelmäßig vorbeizuschauen, helfen konnte ich aber nicht. Einige Tage später traf ich meine Mutter allein an.

Wo mein Vater genau war konnte sie nicht sagen, es wäre aber etwas Wichtiges, lies er beim Gehen vernehmen. Während ich noch anwesend war, kam er heim. Wer jemals ein Kind vor einem hell erleuchteten Weihnachtsbaum gesehen hat, kann ungefähr seinen Gesichtsausdruck erahnen. Er strahlte bis hinter beide Ohren. Ich begrüßte ihn mit der Frage nach dem Stand seiner aktuellen Karriereplanung. Lottogewinn. „Viel besser, ich habe eine Nebenjob". Aha, ich denke es gibt nicht so viele Rentner, die sich über einen Nebenjob aus vollem Herzen freuen, er tat es. Und was machst Du? Autofahren. Es brauchte nicht viel Phantasie, um auf eine solche Antwort bei meinem Vater zu kommen. Ich hatte manchmal das Gefühl, dass er möglicherweise bereits mit einem Lenkrad in der

Hand geboren wurde. Verrätst Du mir auch was für ein Auto und welche Strecken. Leichenwagen! Überall wo gestorben wird. Stille. Er wurde mit diesem Nebenjob überglücklich. Das ging sogar so weit, dass er, als ich ihn Jahre später zu einer Schulter – OP ins Krankenhaus brachte, auf Nachfrage als Beruf Bestatter angab. Von dem Zeitpunkt an wusste ich immer vor allen anderen, wer in meiner Heimatstadt gestorben war.

Das war manchmal interessant, mitunter auch tragisch. So fuhr er den Vater meiner Jugendfreundin, die Nichte meiner damaligen Frau und noch einige Menschen, die mir nahe waren. Und auch Prominente waren seine Fahrgäste. Zum Beispiel chauffierte er eine der Jacob-Sisters auf ihrem letzten Weg. Ivan Rebroff gar hat er zum Frankfurter Flughafen gefahren, da dieser von dort zu seiner letzten Ruhestätte nach Griechenland geflogen wurde. Eins erscheint mir dazu noch erwähnenswert. Seit dieser Zeit macht es mich wütend, wenn Suizide auf Eisenbahnstrecken stattfinden. Bestatter sind die Menschen, die vor Ort die Teile zusammensuchen. Nicht schön! Eine weitere Konsequenz dieses Nebenjobs war, dass mein Vater sehr genaue Vorstellungen formulierte, wie sein Ableben irgendwann vor sich gehen soll. Mir fiel in diesen Überlegungen eine zentrale Rolle zu. „Wenn ich mal an der Maschine hänge, dann musst Du den Knopf ausschalten". Ich befürchte, wer einen solchen Auftrag nicht selbst erlebt hat, kann dessen Tragweite nicht mal erahnen. Meine Antwort war jedoch ebenso eindeutig. Du kannst alles von mir erwarten, dies jedoch nicht. Ich finde mir steht es nicht zu, Leben zu beenden. Punkt. Wir beendeten das unerfreuliche Gespräch. Kurz nach seinem achtzigsten Geburtstag, kam es wie es kommen musste.

Nach einem Sturz von der Leiter lag er drei Monate in einer Art Wachkoma. Die meiste Zeit dämmerte er vor sich hin, mit wenigen wachen Momenten. Einmal in dieser Zeit erwischte ich so einen Moment. Hilflos mit leeren Augen lag er in seinem Bett und schaute mich an. Langsam bewegte sich seine Hand. Er deutete mit seinem Zeigefinger zunächst auf mich, dann langsam Richtung Maschine, um sogleich zu mir gewandt eine drehende Bewegung zu machen. Dazu die großen vor allem hilflosen Augen, mir bleib die Luft weg. Der Zeiger auf der Uhr stand still. Ich habe es nicht gemacht, trage diesen Moment wie eine Hypothek seitdem mit mir. Ich hoffe, er hat mir vergeben. Vier Wochen später ist er dann gestorben. Für die Trauerfeier hatte sich meine Mutter den Psalm 23 gewünscht. Die Protestanten unter den Lesern werden sicher bestätigen, welch enorme Bedeutung des Trostes dieser Psalm entfaltet. Natürlich in der Übersetzung Martin Luthers. Blöd nur: Mein Vater war katholisch, und da wird die Einheitsübersetzung gelesen. Alles etwas sperrig, beim letzten Vers jedoch schnürte es mir den Hals zu.

„… und heimkehren werde ich ins Haus des HERRN für lange Zeiten." Wie? Für lange Zeit? Was soll der Nonsens, brüllte es in mir. Diese Formulierung war niederschmetternd, zum Glück bekam mein Vater davon nichts mit, möglicherweise wäre es für ihn als Katholik auch kein Problem gewesen. Für mich schon! Für lange Zeit, was soll das sein? Wie lange ist das? Auch die längste Zeit geht mal zu Ende, aber geht die Zeit bei Gott zu Ende? Zum Glück hatten wir eine zweite Chance! Er wurde nach seinem Wunsch eingeäschert und die Urne im kleine Kreis beigesetzt. Ich frage eine Freund, Pfarrer, evangelisch, ob er diese Beisetzung übernehmen würde. Er tat es. So wurde mein Vater sozusagen auf seinem letzten Weg ökumenisch begleitet und wir hörten nochmal den Psalm 23, diesmal wie erwartet: „...und ich werde bleiben im Hause des HERRN immerdar." Nach der Urnenbeisetzung meinte dann noch mein Sohn zu mir: „Weißt Du, ich glaube der Opa fährt jetzt Wolkentaxi, und bringt den lieben Gott zu seinen wichtigen Terminen". Kinder sind großartig, mit dem Gedanken konnte ich loslassen. R.I.P.

Stolz – Etwas für die Ewigkeit

Den Begriff des Stolzes sehe ich lebenslang kritisch. Stolz ist für mich im Negativen verwurzelt. Vielleicht auch, weil er in der Abgründigsten aller deutschen Vergangenheiten uferlos missbraucht wurde. Im Online-Lexikon liest es sich als Definition so: „Stolz ist die Freude etwas Besonderes geleistet zu haben". Da kann ich mich wiederfinden. Vor allem in der Freude, denn Leistung (da schreit der Theologe in mir) ist ohne den Segen des Schöpfers ausgeschlossen. Freude - an meiner Heimatstadt Frankfurt habe ich große Freude. Ich bin mit Leib und Seele Frankfurter. Dass der Fußballverein meines Herzens auf der anderen Main-seite in Rot-Weiß kickt, ist eine Fußnote zu dieser Feststellung. Frankfurt ist neben Berlin für mich die einzige Weltstadt, die wir in Deutschland haben. Frankfurt hat eine tolle Hochhaus-Skyline, zu der ich gleich noch komme. Die Frankfurter Sprache ist wohltuend wie ein Sommerregen nach einem heißen Tag. Anzutreffen natürlich im Herzen der Stadt, dort wo das Frankfurter Nationalgetränk -Ebbelwoi- fließt. Ich bin als Kind schon mit meiner Oma ins Gemalte Haus zum Ebbelwoi-Stammtisch gegangen.

Und auch heute noch, wenn ich durch die schmiedeeiserne Tür eintrete, ich halt kurz an. Stille. Ein paar Sekunden, dann kommen sie nach, nun sind die Sinne des Frankfurters wieder verfügbar. Es ist ein magischer Ort. Hier treffen sich Touristen und Frankfurter Originale. Ich habe viel auf der Welt gesehen, Orte für Reisende und Orte für Einheimische. Aber einen Ort wie diesen, wo beides miteinander verschmilzt, wo es egal ist wer man ist und wo man herkommt, den finde ich nur hier. Ja, und dann passiert etwas vor mittlerweile rund zehn Jahren, das ist für mich wie ein Geschenk der Himmels. Ich werde gefragt, ob ich den jüngsten Sohn der Wirtsleute im Innenhof des Gemalten Hauses taufen würde. Mir ist bewusst, dass ich hier den Anforderungen der Amtskirche gerecht werden muss. Deshalb einigen wir uns darauf, dass es ein Gottesdienst ist und keine private Veranstaltung. Ich fahre mit meinem Bulli das komplette Taufbecken meiner damaligen Gemeinde nach Frankfurt, und während des Gottesdienstes bleibt die Tür offen, jeder kann rein, wie es sein muss. Hinterher erlebe ich, welch missionarische Dimension das Ganze hatte.

Ich bekomme Tage später noch Anrufe von begeisterten Menschen, die rein zufällig in den Taufgottesdienst hereingestolpert sind. So war ich der Erste, der jemals an diesem historischen Ort getauft hat. Stolz?! Ich sage es mal so: Ich freue mich darüber! Noch so ein Ort der Freude ist für mich die Hochhaus-Skyline. Und das kam so: Im Jahr 1995 war ich für einen Wiesbadener Immobilien – Entwickler tätig. Ich leitete ein Großbauvorhaben in Leipzig, was zur Folge hatte, dass ich wöchentlich mehrfach mit der Frühmaschine dorthin geflogen bin. Und dann sollte ich zu meiner Chefin zum Gespräch. Sie war eine resolute und sehr direkte Gesprächspartnerin. Kurzer Einstieg: Wie läuft es in Leipzig? - um dann gleich auf den Punkt zu kommen: „Haben sie Lust in Frankfurt ein Hochhaus zu bauen?" – „Öhm, ja,…". Ein kleiner Moment, der für mich die nächsten fünf Jahre prägen sollte. „Okay, sie übergeben ihr Leipziger Projekt innerhalb der kommenden Woche an den Kollegen und am Montag ist der erste Besprechungstermin". So wurde ich Projektleiter eines Frankfurter Hochhauses. Das Ganze trug zu dem Zeitpunkt noch den Arbeitstitel der beteiligten Bank, später erhielt es den Namen Eurotheum. Für Fünf Jahre war mein Arbeitsplatz im Fokus des hiesigen Bankenviertels. Allein darüber könnte ich ein eigenes Buch verfassen.

Ich war in der Zeit unter anderem viermal in der Zeitung mit den großen Buchstaben. Ich lernte Vorstände kennen, Stararchitekten, promovierte Heizungsplaner am Rande des Wahnsinns, freundlich, charismatisch, eitel, gnadenlos, höflich, verbindlich, herzlos, zuvorkommend, es war von jedem etwas dabei. Und ich saß wie die Spinne im Zentrum. An mir kam damals keiner vorbei. Rückblickend beruflich die spektakulärste Zeit meines Lebens! Das ging bereits in der Baugrube los. Donnerstagnachmittag bekomme ich einen Anruf des Tiefbau – Poliers. „Wir haben bei den Aushubarbeiten da etwas gefunden". Ich begebe mich in die Baugrube. Alte Steine, sehr alte Steine. In meinem Gedanken sehe ich bereits eine Horde Langhaariger, die mit Zahnbürsten bewaffnet an alten Steinen rumwursteln. In meiner Phantasie zerlegt sich mein Terminplan aus hunderten von Vorgängen in seine Einzelteile. Termine und Kosten laufen aus dem Ruder, ich statte daraufhin der Leiterin der Frankfurter Denkmalbehörde einen Besuch ab. Was erwartet mich? Ich habe Glück, sie arbeitet mit mir zusammen.

Wenn auch mitunter überraschend. Am Donnerstag erhalte ich einen Anruf, dass am Freitag eine Pressekonferenz auf der Baustelle stattfindet. AUF „MEINER" BAUSTELLE. Ich finde mich am Freitag zur genannten Zeit inmitten der Menschen wieder, die in der Frankfurter Stadtgesellschaft und auf der Baustelle wichtig sind, oder meinen wichtig zu sein. Es werden Reden gehalten, die den Gehalt von Groschenroman-Folklore haben, manchen haftet tatsächlich ein geistiger Gehalt an, insgesamt für mich ein offener Feldversuch der Eitelkeiten. Für meinen Terminplan hat der Fund der Frankfurter Stadtmauer keine fünf Tage Verschiebung bedeutet, wofür ich heute noch der Denkmalbehörde dankbar bin. Gewöhnen musste ich mich an die Höhe. Ich bin nicht schwindelfrei! Wer mit dieser Unvollkommenheit jemals in einen, wie eine Bienenwabe außen hängenden Bauaufzug in 110 Meter Höhe eingestiegen ist, wird wissen, was ich meine.

Es kamen unzählige bemerkenswerte Themen. Strömungsversuche, Brand-Simulationen, ein Freitod an Himmelfahrt – wie sinnig, Terrorabwehrkonzepte und so weiter. Und dann war der Tag da. Der Mieter eingezogen und plötzlich war ich raus. Gestern noch der Chef auf der Baustelle, heute nichts, ein Besucher, der sich mit Kärtchen anmelden muss. Nichts ist für die Ewigkeit. Trotzdem - noch heute gehe ich gerne dort hin. Samstagabend in Frankfurt, Theater, Kneipe, was auch immer, ein Schlenker zum Eurotheum, der muss sein. Stolz?! Ich sage es mal so: Ich freue mich darüber!

Ein neuer Beruf – wenn Gott führt

Im Zuge meines Studiums hatte ich mit einem Dozenten verabredet, ein Gemeindepraktikum in Berlin, in seiner Gemeinde, zu absolvieren. Wenige Wochen vorher wurden meine Eltern beide zum Pflegefall. Ich konnte nicht weg. Trotzdem wollte ich die Zeit nicht ungenutzt lassen. Ich fand in meiner Heimatstadt die Stadtmission Neu-Isenburg, nur wenige hundert Meter von meinem Elternhaus entfernt. Lebenslang im christlichen Umfeld unterwegs, aber diese Gemeinde war bis zu dem Zeitpunkt völlig an mir vorbeigegangen.

Ich wurde sehr freundlich aufgenommen und begleitete den Pastor zu allen anstehenden Terminen. Es gab für mich Bekanntes und es gab Fremdes. Das Liedgut war zum Teil fremd, aber nicht unangenehm. Da ich landeskirchlich sozialisiert bin, musste ich mich einlassen, was aber gut gelang. Ein Ereignis wurde für mich eine bleibende Erinnerung. Zu Beginn des Praktikums gab es einen Punkt im Gottesdienst, an dem ich mich vorstellte. Ich erzählte über mich, meinen Werdegang und natürlich, was mich zu dem Zeitpunkt am meisten beschäftigt hat, die Krankheiten meiner Eltern. Am Ende des Praktikums stand noch eine Veranstaltung auf dem Plan, die mir zu dem Zeitpunkt völlig fremd war. Männergebet. Was soll das sein? Egal, ich nehme alles mit, dafür mache ich das hier ja. Bis zu dem Zeitpunkt hatte ich sämtlich Termine unter der Überschrift „kennenlernen" verbucht. Mein erstes Männergebet wurde zum Paradigmenwechsel. Wir saßen bei einem der Männer im Wohnzimmer und unterhielten uns ungezwungen.

Jeder erzählt was ihn gerade bewegt beziehungsweise, was ihm für ein Gebet gerade wichtig ist. Ich hielt mich zurück. Erstmal wahrnehmen. Dann wurde in einer Gebetsgemeinschaft gemeinsam gebetet. Und da war er plötzlich, der Moment, an dem sich bei mir etwas veränderte. Einer der Teilnehmer betete für meine Eltern. Ich hatte dies seit meinem ersten Tag nicht mehr thematisiert, vielleicht war der Augenblick genau deshalb so überwältigend. Da beten Menschen für meine Eltern, die sie noch nicht mal kennen. Der Moment ist für mich zum Polarstern eines praktizierenden Glaubens geworden. Ich habe persönlich erfahren was es bedeutet, wenn Gebet trägt. Viele aus meinem früheren Gemeindeumfeld haben die Gemeinschaftsbewegung als eng beschrieben. Nein, das war nicht eng, das war im besten Sinn des Wortes dicht. Menschen, die für mich beten sind mir ganz nah, und jetzt kommt der Theologe: Bereits im Alten Testament ist zu lesen, dass Gott den Menschen nach seinem Ebenbild geschaffen hat. Somit treffe ich Gott in jedem gegenüber.

Wenn also mein Gegenüber für mich betet, dann treffe ich Gott, dann nähert sich Gott mir, wenn ich mich vielleicht gerade nicht nähern kann. Welch befreiende Erkenntnis! So wurde die Stadtmission Neu-Isenburg zu meiner Gemeinde. Das Angebot ein Jahr später, dort als hauptamtlicher Pastor einzusteigen, war wie ein erneutes Geschenk Gottes. Ich nahm es an! Wie richtig das war, erfuhr ich Jahre später im Zuge der Trennung von meiner Frau, beziehungsweise ihrer Trennung von mir. Eine Trennung hätte vor zwanzig Jahren automatisch bedeutet, dass der Pastor gehen muss. Ein geschiedener Pastor wäre, völlig unabhängig von den Umständen, nicht akzeptabel gewesen. Das wurde mir irgendwann klar und es machte mir

Angst. Wie geht es weiter? Was hat Gott mit mir vor? Ich war an der Stelle angekommen, die ich mir gewünscht hatte. Hatte meine Berufung gefunden. Mir kam Hiob in den Sinn: „Der HERR hat's gegeben, der HERR hat's genommen". Wurde mir meine Berufung, mein Traum, meine Erfüllung jetzt wieder genommen? Es entsteht eine innere Ohnmacht. Eine Gemengelage des *gelebt werden*, es passiert und ich muss es hinnehmen. Ich kann die Gattin ja nicht mit dem Gewehr festhalten. Ich suche den Kontakt zur Vorsitzenden, wir verabreden uns auf einen Kaffee.

Ich erzähle ihr ausführlich die Entwicklung, wir haben einen Austausch, den ich so nicht vergessen werde. Ein Satz von ihr ist mir bis heute in Erinnerung geblieben: „Wenn unser Pastor verlassen wird, und hat sich nichts zuschulden kommen lassen, dann muss er solange ich hier Vorsitzende bin, nicht gehen". Mir fiel ein Stein vom Herzen. Eine solche Positionierung hatte ich erhofft. Ob die so möglich ist, vermochte ich zu dem Zeitpunkt nicht einzuschätzen. Später hat sich der Vorstand dem komplett angeschlossen, und meine ganze Gemeinde den Prozess begleitet und ich konnte spüren, wie ich im Gebet getragen wurde. Welch ein Segen, in so einer Gemeinde Pastor zu sein. DANKE, Stadtmission Neu-Isenburg!

Kickers Offenbach mein Verein

Seit Jahrzehnten gehe, lebe, leide und feire ich mit meinem Fußballverein, Kickers Offenbach. Wolfgang Niedecken hat einmal gesagt: „Es gibt im Leben drei Dinge, die man sich nicht aussuchen kann: Vater, Mutter und den Fußballverein, mit dem man leidet." Das ist so, da mache ich gar keinen Hehl daraus. Zum OFC bin ich über mehrere Schienen gekommen. Zum einen war mein Vater Fan des Vereins von der anderen Main Seite. Das allein ist für einen pubertierenden schon Grund genug nach Alternativen Ausschau zu halten. Nach einigen verwirrten Jahren im Schlepptau des Vorzeige-Vereins aus dem Süden der Republik, nahm mich ein Freund aus Offenbach erstmalig mit auf den Bieberer Berg. Ich war völlig berauscht. Damals vierte Liga, und eine Stimmung wie am jüngsten Tag.

Kumpels Mutter hatte zu dem Zeitpunkt den Getränkevertrieb bei Heimspielen und so kam es, dass ich für insgesamt drei Spielzeiten den Getränkestand im Gästeblock betreute. Weiterhin hatte ich einen bis heute wunderbaren Draht zu dem Pfarrer, der mich konfirmiert hat. Dieser wiederum ist so zu sagen das geistliche Herzstück der Kickers.

Ich kam am Fußballclub Kickers Offenbach nicht vorbei. Mit diesem Verein sollte ich von nun an, den Rest meines Lebens feiern und leiden. Aber es gab in dem Zusammenhang auch echte Sternstunden. Wer OFC Fan ist weiß, dass der größte Vereinserfolg der Gewinn des DFB-Pokal 1970 war. Das Spiel lief so ab, dass die Offenbacher gegen Köln absoluter Außenseiter waren. Kurz vor Schluss führte Offenbach und die Kölner bekamen einen Elfmeter. Und dann hatten wir einen Torwart, Karl-Heinz Volz sein Name. Der hat den Elfer gehalten und wurde damit zum absoluten Hero des OFC. Soviel der Vorrede. Jahrzehnte später trat ich meine erste Pastorenstelle in Neu-Isenburg an. In der Anfangs-Zeit standen viele Hausbesuche auf dem Plan und eines Tages war ich zum ersten Mal bei

Erika. Erika war damals schon weit über achtzig, kam aber regelmäßig mit Ihrem Fahrrad zum Gottesdienst. Erika hatte einen unfassbar tiefen Glauben, da konnte ich etwas lernen. Ich saß also zum Kaffee bei Erika, und lauschte den Erzählungen aus Ihrem Leben.

Irgendwann, unvermittelt dann eine Frage, die mich bis heute so tief bewegt, dass ich sie sogar zu Ihrer Trauerfeier, als sie Jahre später verstarb, zitierte. *Du bist doch Kickers Fan?* Ja! *Soll ich Dir mal erzählen, wie mein Karl-Heinz damals den Elfmeter gehalten hat"*. Stille. Bei mir blieb in dem Moment der Zeiger auf der Uhr stehen, sie strahlt mit Ihren freundlichen Augen. Ich schaue nochmal heimlich auf meine Liste, wie heißt Erika nochmal mit Nachnamen? V-O-L-Z,... mir wird klar, mir sitzt gerade die Mutter des Offenbacher Pokal Helden gegenüber. Später lernen wir uns kennen und ich bin bis heute unglaublich dankbar, die ganze Familie Volz kennen gelernt zu haben. Damit verbunden die Feststellung: Ein Leben lang, NUR DER OFC!

Ich muss für mich sorgen

„Ich muss für mich sorgen" Dieser Satz ist für mich zum absoluten Beziehungs-Killer geworden. Zunächst ist mir die grundlegende Erkenntnis, dass Menschen für sich sorgen, oder „auf sich aufpassen" durchaus geläufig. Wer nicht gut für sich sorgt, dem wird es auch beim Gegenüber vermutlich schwerfallen. Das gibt es schon in der Bibel. „Du sollst deinen Nächsten lieben wie dich selbst". So wird Jesus beispielsweise im Matthäus – Evangelium zitiert. Jesus stellt hier klar den Einzelnen und sein Gegenüber auf Augenhöhe!

In einem Coachingbuch habe ich folgenden Satz gefunden: „Für mich Sorgen bedeutet: Ich erkämpfe mir diesen Raum auch gegen den Widerstand meines Umfeldes". Dies ist keine Augenhöhe! Solches Handeln hat den Einzelnen im Zentrum, das Ego wütet. Mich machen solche Weisheiten mittlerweile zornig! Was der Autor mit solcherlei Ratschlägen anrichtet grenzt an Körperverletzung. Es zerstört Beziehungen, reißt Wunden, verstört Menschen, macht kaputt. Immer wieder musste ich erleben, dass die Menschen, die mit diesem Satz arbeiten, bei sich stecken bleiben. Da werden auf großen Flipchart Blättern die eigenen Bedürfnisse zusammengetragen. Da wird überlegt, sortiert, geclustert, wieder gestrichen, am Ende entsteht ein Sammelsurium des Bösen. Böses wird umgangssprachlich mit Unangenehmem oder sogar Schädigendem assoziiert. Bedürfnisse, die nur den Einzelnen im Fokus haben, die auf das soziale Umfeld keine Rücksicht nehmen, die den Widerstand des Umfeldes nicht thematisieren sondern ignorieren, sind in höchstem Maße schädigend.

Der Mensch ist nun mal ein Beziehungswesen! Sein Tun muss nach meiner tiefen Überzeugung immer so sein, dass Bindungen im Umfeld einbezogen werden. Solches als Teil der Transformation ist mehr als wünschenswert. Klammert man das Umfeld aus, entstehen Persönlichkeiten auf der Scholle. Eremiten, die einsame Inseln bewohnen, hier hätte die Sorge um sich selbst eine andere Bedeutung. Aber von uns lebt nun mal keiner auf einer Insel. Wir alle sind in einem Geflecht von Beziehungen vernetzt, organisiert, manchmal gefangen, manchmal geborgen. Wer ausschließlich für sich sorgt, wird damit ganz sicher sein Netz zumindest in Fragmenten zerstören, gibt nicht nur Geborgenheit auf, er oder sie zerstört auch anderer Netzwerke. Ist das gewollt? „Dieser Satz ist für mich zum absoluten Beziehungskiller geworden"; so habe ich meine Gedanken begonnen. Ich wünsche mir, dass alle, die mit dem Satz unterwegs sind, nicht beim ICH stecken bleiben. Dass ihnen auf ihrem Weg die Verantwortung ihres Handelns klar wird, dass Therapeuten umkehren und nicht nur den Blick auf den Klienten haben, sondern ihn auf dessen Beziehungsnetzwerk weiten. Ich wünsche mir eine Entwicklung, die weg kommt vom radikalen Ich, vom zerstörerischen Ich. Eine Entwicklung, die zum Wir findet, die beides miteinander verbindet. Ein Entwicklung von biblischer Dimension: Du sollst deinen Nächsten lieben wie dich selbst.

Brüche im Leben

Um als Pastor eine Trennung zu verarbeiten, muss man sich auch Gedanken darüber machen, wie man seine Gemeinde geistlich mitnimmt. Mir war es ein Herzensanliegen, hier zu zeigen, dass sie den richtigen Weg gewählt haben. Für die Zeit unserer Trennung konzipierte ich eine Predigtreihe zum Thema „Brüche in der Bibel". An zwei der drei Sonntage übernahm ich den Predigtdienst. Am dritten Sonntag lud ich einen Gastprediger ein, der eine Autorität hatte, die unsere Gemeinde stützen kann. Ich habe mich entschlossen, eine meiner Predigten aus dieser Reihe hier mit in meine Erinnerungen hinein zu nehmen. Sie zeiget mein Ringen mit der Situation, mit meinen Gesprächspartner und mit Gott. Diese genannten Menschen haben mir in der Zeit der Trennung in außerordentlicher Weise zur Seite gestanden, hatten ein Ohr für mich, haben mir ehrlich Ihre Einschätzungen zur Situation geschildert und ich wusste mich immer im Gebet getragen. Hierfür danke ich besonders folgenden Menschen mit einem herzlichen Vergelts Gott: Dr. Michael Diener, Präses des Gnadauer Gemeinschafsverbandes, Andreas Klotz, Direktor Bibellesebund, Pfarrer Hans – Joachim Wach, Peter Seuring, der lebenslange Freund.

Predigttext: Lukas 22, 24-38

Gnade sei mit uns und Friede, von dem der da war, der da ist und der da kommt. Amen.

Heute ist der erste Sonntag meiner diesjährigen Predigtreihe, mit der Überschrift „Brüche in der Bibel". Die Bibel ist voll von Geschichten, die schiefgegangen sind. Menschliche Tragödien sind an der Tagesordnung. Solche Brüche beruhen in aller Regel auf einem wie auch immer gearteten Scheitern. Menschen sind gescheitert. An sich selbst, an Ihrem Gegenüber, an Ihrer Umwelt, an etwas, das sie nicht kennen.

Dazu komme ich später noch genauer. Zu Beginn möchte ich mit euch mal ein Experiment machen: Hier seht Ihr einen Tischtennisschläger und einen Tischtennisball. Dazu folgende Frage: Ein Schläger und ein Ball kosten zusammen 1,10 €. Der Schläger kostet 1 Euro mehr als der Ball. Was kostet der Ball? --- Antwort: 5 Cent! Also die schlechte Nachricht vorab, falls ihr nicht das richtige Ergebnis hattet seid ihr gerade gescheitert. Gescheitert an einer scheinbar so banalen Aufgabe. Dazu zwei gute Nachrichten: Auch ich bin daran gescheitert, als ich die Aufgabe das erste Mal vor Augen hatte. Und: Mehr als die Hälfte aller Elite-Studenten in Harvard scheitern ebenso an dieser Aufgabe. Warum ist das so, dass Scheitern so klar immer wieder stattfindet? Das Gehirn ist darauf programmiert schnelle Antworten zu geben. Das wiederum ist evolutionsbedingt. Nachdenken kostet Energie. Und mit Energie sollen wir sparsam umgehen, um unser Überleben zu sichern. Jetzt ist es heute ja nicht mehr so, dass wir verhungern, da Energie in Form von Nahrungsmitteln zumindest in der westlichen Welt mehr als ausreichend vorhanden ist.

Aber an diesem kleinen Experiment wird eins deutlich. Scheitern hat etwas mit dem Mensch sein zu tun. Diese Grundanlage, die tief in uns drin ist, die können wir nicht ausschalten. Unser Gehirn ist darauf programmiert, auf die einfachen Lösungen anzuspringen. Auf Schwarz – Weiß, auf Hell - Dunkel, auf Gut und Böse. Dass es dazwischen noch ganz vielen Abstufungen gibt, müssen wir trainieren. Das nennen wir Bildung. Genau aus dem Grund ist es nachgewiesen, dass politische Demagogen, die mit den einfachen Lösungen, häufig Ihren Zulauf eher aus den nicht so gebildeten Schichten generieren. Warum erzähle ich euch das? Wir alle scheitern im Leben. Immer wieder. Jeder von uns. Auch euer Pastor, auch unsere Bundeskanzlerin und auch der Papst. Jesus hat das gewusst. Ihm war klar, dass sein Kreuzestod zunächst als grandioses Scheitern wahrgenommen wird. Dass die Menschen damals wie heute fragen werden: Wenn er Gottes Sohn ist, warum ist er gekreuzigt worden? Und er wusste, dass der Fels, der, auf den er seine Kirche baut, bauen will, dass der zunächst ebenfalls scheitert.

Dass er versagt, wenn es drauf ankommt. Kneift,... ihm das Rückgrat fehlt. Ich habe große Sympathie mit der Annahme, dass dieses Scheitern des Petrus, von Jesus bewusst uns als zentrale Botschaft mitgegeben ist. Unser Predigttext steht im Lukas-Evangelium an exponierter Stelle. Zwischen dem Verrat des Judas und dem letztem Abendmahl auf der einen Seite und den Ereignissen im Garten Gethsemane, sowie rund um Verhaftung und Kreuzigung von Jesus auf der anderen Seite. Eine vergleichsweise unbedeutende Angelegenheit. Einer der zwölf versagt. Und das wird uns an einer Stelle präsentiert, so dass man sozusagen darüber stolpern muss, wenn man die Bibel liest. Werbemenschen sind bei ihrer Arbeit darauf bedacht, die wichtigen Aussagen so zu platzieren, dass man nicht daran vorbeikommt. So ist das mit dem heutigen Predigttext. Ich lese den Predigttext aus Lukas 22,24-38.

...

Wir haben gerade gehört, Petrus scheitert grandios! Petrus hat Jesus die Gefolgschaft bis in den Tod zugesagt. Und er hat nichts gehalten. Da sind wir wieder bei der einfachen Lösung. Leben oder Tod. Als Petrus das versprochen hat, hatte er genau diese einfache Möglichkeit vor Augen. Der Faktor Mensch, den hat er ausgeblendet. Gott sei Dank hat Jesus ihn gekannt. So wie er uns kennt! Wie er uns und die seinen gerade im Scheitern kennt. Ich will jetzt zunächst mal hinschauen: Woran kann man überhaupt alles scheitern? An zu hohen Anforderungen? Woran scheitern zum Beispiel Studienanfänger? Da habe ich in einem einschlägigen Artikel folgenden Satz gefunden: Große Schwächen bestünden selbst bei Germanistikstudenten in der Rechtschreibung und der sprachlichen Ausdrucksfähigkeit, sowie in den Ingenieurwissenschaften im Bereichen der Mathematik. Offensichtlich scheitern Studenten an den Basics. Aber nicht nur Studenten scheitern. Beziehungen können scheitern. Beziehungen, und da meine ich nicht nur Liebesbeziehungen, sondern jegliche menschlichen Beziehungen. Freundschaften, Beziehungen zwischen Verwandten, Beziehungen unter Arbeitskollegen. Psychologen wissen: Beziehungen scheitern häufig daran, dass mindestens einer den anderen kontrollieren will.

Der Grund ist häufig Angst (aus dem Lateinischen „Enge") – der eine baut aus Angst Enge auf, dem anderen wird es zu eng, er bricht aus. Angst beziehungsweise Enge, zwei zentrale Gründe für das Scheitern von Beziehungen. Wo ist Petrus gescheitert. An seiner Angst? An der Angst vor dem was kommt? Das Versprechen wurde ihm möglicherweise zu eng, als es ernst wird. Christen? Woran scheitern Christen? Ich habe im vergangenen Jahr ein Interview mit einem bedeutenden Vertreter der protestantischen Welt in Deutschland gelesen. Der hat, als zentralen Grund des Scheiterns von Christen, Hochmut als Stichwort genannt. Hochmut? Hochmütige Menschen schätzen ihren eigenen Wert, ihren Rang oder ihre Fähigkeiten, oder eben ihren Glauben unrealistisch hoch ein. Diese Realitätsferne finden wir im Übrigen auch bei Petrus; dann, wenn er seinen Glauben an Jesus viel zu hoch einschätzt. Hochmut und Fall sind hier ganz nah beieinander. Petrus versagt als es darauf ankommt. Herr, ich bin bereit, mit dir ins Gefängnis und in den Tod zu gehen! Wir haben vorhin schon gehört, dass dieses Scheitern des Petrus von Jesus ganz bewusst uns als zentrale Botschaft mitgegeben ist. Deshalb jetzt nochmal einen Blick auf Petrus und unseren Predigttext. Dazu lese ich den V 31 und den Vers 34: V 31: Es sprach aber der Herr: Simon, Simon, siehe, der Satan hat euch begehrt, um euch zu sichten wie den Weizen; ich aber habe für dich gebetet, dass dein Glaube nicht aufhöre. V34: Er aber sprach: Ich sage dir, Petrus: Der Hahn wird heute nicht krähen, ehe du dreimal geleugnet hast, dass du mich kennst! Ist jemand etwas aufgefallen? In Vers 31 redet er ihn mit Simon an. In Vers 34 mit Petrus. Simon? Petrus? Simon – Petrus? Schauen wir die Namen beziehungsweise deren Bedeutung an, wird es greifbar. Simon war der weltliche Name. Simon: was Gott erblickt hat. Auf Deutsch, das was der Mensch Simon, der derzeit auf der Erde ist. Ein Mensch, der auch scheitert. Und dann nennt er ihn Petrus! Bedeutung: der Fels. In Matthäus 16 lesen wir folgenden Satz von Jesus: Ich aber sage dir: „Du bist Petrus und auf diesen Felsen werde ich meine Kirche bauen". Jesus springt innerhalb weniger Verse vom Mensch Simon zum Fels Petrus. Und auch später noch wird er von ihm sozusagen enttäuscht.

Trotzdem baut er auf ihn. Jesus kennt ihn. Jesus kennt die seinen! Dazu noch ein kurzer Exkurs nach Italien. Wer schon mal auf der Via Appia unterwegs war, der antiken Straße, die von Rom nach Brindisi führt, dem ist möglicherweise auf den letzten Kilometern, denen mit Kopfsteinpflaster, eine Kirche aufgefallen. Am Ende der Via Appia steht die Kirche Santa Maria del Piante. Die wurde genau an der Stelle erbaut, an der laut der Apostelgeschichte des Petrus der aus Rom flüchtende Petrus auf Jesus traf. Petrus fragte ihn: „Domine, quo vadis", auf Deutsch: Herr wohin gehst Du? Jesus antwortete: Ich komme um erneut gekreuzigt zu werden. Daraufhin kehrte Petrus nach den historischen Überlieferungen beschämt um und starb den Märtyrertod. Auch hier war zunächst nichts von Fels zu sehen. Das war der weltliche Simon, der erneut auf der Flucht war. Die Begegnung mit Jesus lässt ihn wieder zum Petrus werden. Die Begegnung mit Jesus ist der Schlüssel im Scheitern. Jesus kennt die seinen, in jeder Lebenssituation. Und er weiß, dass wir scheitern. Dass Menschen scheitern. Und er hat uns deshalb ausgerüstet: Ich lese dazu nochmal ab Vers 35, um uns dieses Ausrüsten nochmal greifbar zu machen.

Und er sprach zu ihnen: Als ich euch aussandte ohne Beutel und Tasche und Schuhe, hat euch etwas gemangelt? Sie sprachen: Nichts! Nun sprach er zu ihnen: Aber jetzt, wer einen Beutel hat, der nehme ihn, ebenso auch die Tasche; und wer es nicht hat, der verkaufe sein Gewand und kaufe ein Schwert. Denn ich sage euch: Auch dies muss noch an mir erfüllt werden, was geschrieben steht: »Und er ist unter die Gesetzlosen gerechnet worden«. Denn was von mir geschrieben steht, das geht in Erfüllung! Sie sprachen: Herr, siehe, hier sind zwei Schwerter! Er aber sprach zu ihnen: Es ist genug! Jesus rüstet die Jünger aus, für den neuen Abschnitt, der vor ihnen liegt! Bis heute waren die Jünger sozusagen in seiner unmittelbaren Nähe. Er hat für sie direkt gesorgt. Sorge um Ihr Leben und damit auch die Sorge des Scheiterns waren bis zu dem Zeitpunkt weit weg! Jetzt müssen sie für sich sorgen. Bis hierher galt das Wort von Jesus aus Lukas 9: „Nehmt nicht mit Stab noch Tasche, noch Brot, noch Geld noch zwei Unterkleider".

Jetzt ist es anders. Die Jünger werden auf das Leben nach dem Ostergeschehen vorbereitet. Hier werden sie den Beutel samt Inhalt brauchen, und sie brauchen das Schwert. Dass sind die Faktoren, die uns im Glauben vor dem Scheitern schützen sollen! Was bedeutet das konkret? Der Beutel: In einen Beutel kommt das hinein, was man zum täglichen Leben braucht. Mit diesem Beutel gibt uns Jesus sozusagen auch die Verantwortung für den Inhalt mit. Wir müssen selbst entscheiden, welche Grundbedürfnisse wir tatsächlich haben, welche wir aus eigenen

Stücken bedienen wollen, welche wir von außen eingeredet bekommen. Soviel zum Beutel. Und wie ist das mit dem Schwert? Was gibt uns Jesus konkret mit, wenn es heißt: „…und wer es nicht hat, der … kaufe ein Schwert". Das Schwert: Beim Thema Schwert wird hier nahezu karikaturartig[karikativ ist extrem selten. Normalerweise ist es ein Tippfehler für karitativ…] veranschaulicht, wie die Jünger daran scheitern, Jesus zu verstehen. „… wer es nicht hat, der kaufe ein Schwert." Hinter dem Schwert steckt eine große Symbolik.

Und die Jünger denken an nichts anderes als die eiserne Waffe und besorgen auch noch zwei davon! „Herr, siehe, hier sind zwei Schwerter". Ich kann mir vorstellen, dass Jesus hier die Augen gerollt hat. Er wollte ihnen doch lediglich klar machen, dass sie nicht mehr unter seinem direkten Schutz stehen. In den Worten „es ist genug" zeigt Jesus ihnen, dass das nicht das war, was er meinte. Worauf wollte er mit dem Schwert hinaus? In Epheser 6,17 lesen wir folgenden Vers: Nehmt auch den Helm des Heils und das Schwert des Geistes, das Gottes Wort ist. Es geht nicht um physische Gewalt. Es geht darum, die Friedensbotschaft des Evangeliums in die Welt zu tragen. Dieses Schwert macht uns lebensfähig! Und nochmal erkennen wir das Scheitern im Text. Mir ist beim Schreiben dieser Predigt nochmal neu bewusst geworden, wie viele Geschichten des Scheiterns in der biblischen Botschaft noch so versteckt sind. Für mich ist als eine zentrale Erkenntnis klar geworden: Scheitern hat unglaublich viele Facetten. Wir können uns dem Scheitern nicht zu hundert Prozent entziehen. Jesus ist im Scheitern mit uns!

Der Faktor Mensch, den hat Petrus ausgeblendet. Gott sei Dank hat Jesus ihn gekannt. So wie er uns kennt! Genau deshalb weiß Jesus, dass wir immer wieder scheitern. Das schreibt er uns ins Heft. Dass wir uns dem Scheitern stellen, und ihm [Jesus oder dem Scheitern?] mit genau derselben Barmherzigkeit und Gnade begegnen, wie auch er diesem Scheitern begegnet ist. Wir sind nicht nur solche die scheitern, wir alle sind auch Fels. Mit dieser Feststellung komme ich nochmal auf mein Experiment vom Anfang. Ich habe festgestellt, dass Scheitern etwas mit dem Bedürfnis nach schnellen Antworten zu tun hat. Im Vers

32 sagt Jesus: „Ich aber habe für dich gebetet, dass dein Glaube nicht aufhöre". Das gilt für uns. Unser Glaube darf nicht im Scheitern aufhören. Im Gegenteil. Scheitern bedeutet, den Glauben als tragfähigen Fels für unser Leben wieder ganz neu zu entdecken. Und genau das wünsche ich euch. Dass ihr das schafft, für euch und für euren Nächsten. Glaube ist sanftmütig und gegründet auf einem langen Atem, immerwährende Geduld mit mir und meinem Nächsten.

Diese Geduld hat Jesus dem Petrus entgegengebracht und sie ist uns verheißen. Nehmen wir uns das zum Vorbild. Scheitern muss nicht das letzte Wort haben. Mit Jesus an unserer Seite wird neues Gelingen.[Standard wäre: „Mit J an unserer Seite wird Neues gelingen." Deine Version hat einen anderen Drall, so wie in „Das Gelingen wird erneuert mit J an unserer Seite", mit „Gelingen" als Kategorie, so wie in „Mit Jesus wird neues Leben". Also eher ein Konversionserlebnis als eine sich immer erneuerte Lebenstatsache. Deine Wahl … Und: Was so ein bisschen Groß- und Kleinschreibung so bewirken kann.] Was bleibt heute für uns als Erkenntnis? Drei Gedanken möchte ich euch aus meiner Predigt mitgeben: Scheitern gehört zum Mensch sein dazu. David ist gescheitert, Petrus ist gescheitert, viele biblische Persönlichkeiten sind gescheitert. Wichtig ist bei der Erkenntnis: Wie gehe ich mit dem Scheitern um. Lasse ich es zu, dass mir Jesus zur Seite steht. Dass ich mich von ihm im Scheitern trösten, begleiten und korrigieren lasse.

Dass ich so auch anderen begegne. Nicht mit Hochmut, sondern mit....? Und das ist mein zweiter Gedanke: Scheitern und die Barmherzigkeit, damit umzugehen, gehören zusammen. Scheitern ist schwer genug. Petrus hat gelitten wie ein Hund! Bei Lukas 22,62 kann man lesen: Und Petrus ging hinaus und weinte bitterlich. Und genau deshalb ist es so wichtig, genau die Barmherzigkeit zum Vorbild zu nehmen, die uns Jesus vorgelebt hat. Mein dritter Gedanke lautet: Jesus ist im Scheitern mit uns. Darauf dürfen wir uns verlassen. Das wir uns in den gescheiterten Stunden unseres Lebens, getragen fühlen. Dass wir Jesus an unserer Seite spüren, seine Begleitung, seine Barmherzigkeit, seine Liebe. Denn siehe ich bin bei euch alle Tage, bis an der Welt Ende. Amen.

Neuanfang in Rom

Im ersten Sommerurlaub nach unserer Trennung hatte ich zahlreiche Erlebnisse der anderen Art. Wer mehr als zwei Jahrzehnte mit einem Menschen zusammen unterwegs ist, hat feste Gewohnheiten. Dann kam der Sommerurlaub. Diesen hatte ich mir geteilt. Zunächst eine Woche Angeln auf einem Campingplatz. Vor Ort angekommen baue ich mit gewohnten Handgriffen alles Notwendige auf. Irgendwann war ich fertig, wie immer. Wie immer? Irgendwie fehlte noch die Hälfte. Mir wurde klar, dass ich jetzt alles allein aufbauen muss. Eine merkwürdige Erkenntnis.

Im Anschluss an den Angelurlaub kamen zwei Wochen Rom. Für mich eines der Allzeit-Top-drei-Ziele. Ich halte Rom für die schönste Stadt, die ich je gesehen habe. Jede Ecke atmet die Geschichte des Abendlandes. Die Italiener sind unglaublich freundliche Menschen. Mir ist einmal ein Römer, den ich nach dem Weg gefragt habe, quer durch die kompletten Stadt vorweg gefahren. Und dann saß ich im Flugzeug. Der Pilot gibt Schub, die Maschine hebt ab und ich denke: So fühlt sich das also an, wenn man allein wegfliegt. Ausgesprochen ungewohnt. Die Faszination von Rom ist schwer zu beschreiben. Besser ist es, dieses ganz besondere Lebensgefühl zu erleben. Spaziergänge an Flüssen gehören für mich zweifelsohne dazu. Wer je die außergewöhnliche Erfahrung am Rheinufer in Köln, am Mainufer in Frankfurt, an der Themse in London oder auch an der Lahn in Wetzlar gemacht hat, wird wissen was ich meine. Ein Spaziergang am Tiber gehört tendenziell eher nicht dazu. So rät auch einer meiner Reiseführer explizit davon ab. Ich empfehle ihn dringend!

Um Rom zu spüren, muss man bereit sein, rationale Entscheidungen sein zu lassen. Das geht am Bus los. Die Tür öffnet sich. Der Bus ist voll, nein er quillt aus allen Näthen. Sachlich passt da niemand mehr rein. Doch! Der Römer, die Römerin machen Platz. Es ist eng, es ist heiß, und trotzdem wabert ein Gefühl des aufgenommen Seins durch den Bus. Für den Moment bist du kein Fremder. Dieses vollkommen Irrationale hält der Flussspaziergang bereit. Ich starte am Piazza del Popolo und flaniere direkt die Via Ferdinando di Savoia zum Fluss. Es fällt auf, dass die Wasserfläche in etwa zehn Meter unter dem Straßenniveau ist. Unten angekommen wirken die fast senkrecht aufstrebenden Steinmauern bedrohlich. Plötzlich ist die Stadt weit weg. Man kann sie am Grundlärmpegel noch erahnen. Ich laufe auf einem lieblos befestigten, nur zum Teil asphaltierten Weg. Bänke oder freundlich gestaltete Plätze? Fehlanzeige. Touristen, Selfie Models? Fehlanzeige. Ich bin allein mit der Stadt. Was will sie mir sagen? Emotionen fließen lassen, das ist Rom. Und die Ewige Stadt gibt es zurück. Langsam, aber gewaltig. Die Brücken werden ansehnlicher. Umbertos Ponte markiert einen ersten Höhepunkt.

Eine wunderschön anzusehende Brücke führt auf den Corte de Cassazione zu, der jedem Architektur – Ästheten Tränen in die Augen treibt. Und weiter, die Stadt kommt gerade in Topform! Es folgt Ponte San Angelo und das Castel San Angelo. Mehr geht nicht. Pardon, wer nach einem solchen multiplen Lustgewinn, besser Fluss-Spaziergang, nicht auf Wolken durch die Stadt schwebt, der wird Rom nie verstehen. Mir ruft sie zu: Hei, schön dass du gekommen bist, du bist nicht allein.

Das merke ich kurze Zeit später, als ich mich zu Massimo in seinen Wellness Tempel begebe. Solches findet man in den unterschiedlichsten Kulturen und Varianten. Das kann man auf Reisen entdecken oder man begibt sich zu Hause auf die Suche. Warum nicht mal in Frankfurt italienischen Wellness-Urlaub machen. Massimo ist gebürtiger Römer und ich bin ein typischer Deutscher, dessen durchschnittliche Verweildauer beim Friseur im Zehn-Minuten Bereich angesiedelt ist. Um es vorwegzunehmen, es war fast eine Stunde bei Massimo.

Ich habe mich in seine Hände begeben und einfach fließen lassen, was ich nicht kannte. Eigentlich hätte ich einen kleinen Plausch mit ihm während der Behandlung gut gefunden. Aber ich habe das Berufsverständnis eines italienischen Friseurs unterschätzt. „Wir sind hier nicht beim Maschinen-Friseur" - und dann erst mal geschwiegen. Geredet haben wir danach noch. Massimo hat mit der Ruhe und Ernsthaftigkeit eines Brauerei-Gauls und dazu der Präzision eines Goldschmiedes, der gerade die Kronjuwelen bearbeitet, seine Arbeit getan. Pardon, seine Kunst erschaffen. Scheren umschwirren mich wie ein Schwarm

Sommerbienen, Rasierschaum wird geschätzte zweiundachtzig Mal auf meiner Haut einmassiert, dass Rasiermesser gleitet über meine verstoppelte Visage und Massimo lebt seine Berufung. Der Mann ist mit Leib und Seele Parrucchiere. Und ich wundere mich, wie schnell doch die Zeit vergangen ist. Die ersten zehn Minuten waren, zugegeben, für mich schon reichlich gewöhnungsbedürftig. Aber dann hatte ich italienische Wellness, PUR! Sehr zu empfehlen. Massimo du bist meraviglioso. Ich verlasse diesen wunderbaren Ort und bin endgültig in Rom angekommen.

Eine Begebenheit scheint mir zu Rom doch noch erzählenswert. Die Geschichte beginnt eigentlich im Jahr 1990, für mich eines der spektakulärsten meines Lebens. Die Einheit als kollektiver Freudentaumel, dazu Deutschland wird Fußball-Weltmeister. BAP singt: „Denn mir sinn widder wer". 28 Jahre später, Sonntag in Rom, und ich erlebe einen Tag, der mich gefühlt in das Jahr 1990 zurück – beamt! Damals saß ich vor dem Fernseher, Deutschland war gerade Fußball Weltmeister geworden. Ich war fasziniert von dem, was ich sah. Der Teamchef geht allein über den

Rasen und man hat den Eindruck, er hält die Zeit an! Nimmt allein das auf, was der Moment bereithält. Im Stadion ist „Un'estate italiana - Notti magiche" zu hören. Ein italienischer Sommer - magische Nächte! Mein Gedanke damals war: „Irgendwann musst Du dort mal ein Fußballspiel erleben". Heute war es soweit. Im Olympiastadion in Rom ein Heimspiel. Das Ganze auch noch unter Flutlicht. Alles Zutaten für einen großen Abend. Der Zugang wird dann aber sehr weltlich. Das Ticket wird mit meinem Personalausweis personalisiert.

Die innere Stimme ruft „Überwachung"; ich muss allerdings gestehen, es hat etwas, so ein Ticket, mit dem eigenen Namen darauf! Bis ich dann im Stadion bin, muss ich das Ticket in Kombination mit dem Personalausweis noch dreimal zeigen. Ich dachte immer wir Deutschen sind bürokratisch. Und dann stand ich drin. Ein bildschönes Stadion, die Atmosphäre ist sofort da, und ich schaue auf mein Handy, ob die Jahreszahl wirklich stimmt. Der Abend entwickelt sich so, wie es sein muss. Ich bin auf der Seite der Sieger. Rom gewinnt und ich frage mich, warum dieser Irrsinn so fasziniert. Die konstruktive Zuschauerwucht, das

Gemeinsame am Rand der Extase; der Ort ist pure Emotion. Die Magie des Momentes scheint ein „incantare" in Zeitlupe zu buchstabieren. Beim Verlassen des Stadions frage ich mich, wie schon so oft, was es ist? Was berührt so unglaublich, dass Männer hemmungslos weinen, dass Frauen hysterisch kreischen, dass Kinder entfesselt tanzen, dass Alte für den Moment Ihren Rollator vergessen. Ich jedenfalls fahre beseelt ins Hotel, im Gepäck einen Abend, zum Heulen schön!

Beziehungsmensch

Ich bin ein Beziehungsmensch. Mir wurde nach der Trennung schnell klar, dass ich nicht den Rest meines Lebens allein bleiben möchte. Ich brauche jemand mit dem ich Leben teilen kann. Ich brauche ein Gegenüber, jemand mit dem ich morgens aufwache, mit dem ich abends einschlafe. Mir ist es wichtig, mit einer Frau Leben zu teilen. Vertraute, Geliebte, Kritikerin, beste Freundin und noch viel mehr. Doch wo lernt man heutzutage jemand kennen? Ich erinnere mich an mein Studium. In einer statistischen Auswertung war zu sehen, dass sich im einundzwanzigsten Jahrhundert fast die Hälfte aller Paare im Internet kennen lernen. Ich finde von Anfang an nichts Verwerfliches an dem Gedanken. Nur welche der zahllosen Plattformen werde ich testen? Es wird eine, die für Christen konzipiert ist. Ich melde mich an, ohne Foto. Mein Profil fülle ich ehrlich, aber etwas kryptisch aus. Die Vorstellung, dass mich jemand aus meiner Gemeinde hier findet, macht mir ein komisches Gefühl. Die Kommunikation lässt auch nicht lange auf sich warten. Ich schreibe mit sehr netten Frauen.

Bemerkenswert wie immer sind die Erfahrungen der anderen Art. Eine Frau schreibt mir, dass ihr wichtig ist eine genaue tägliche Strukturierung zu haben. Aus diesem Grund soll ich ihr eine Excel-Tabelle mit meinen täglichen Gebetszeiten zukommen lassen. Ich bin irritiert, Für ein Gebet brauche ich keine vorgegebene Zeit. Dies schreibe ich freundlich und wertschätzend zurück. Die Antwort lässt nicht lange auf sich warten. In unwirschem Ton macht mich die Dame darauf aufmerksam, dass sie ja jemand Verlässliches suche und mit so eine Tabelle sei die

Gebetspraxis im Alltag gut zu überwachen. Ich beende den Kontakt freundlich, aber bestimmt. Wenn ich jemand aus dem Controlling suche, dann schreibe ich das dazu! Eine andere Mail irritiert mich im ähnlicher Hinsicht. Hier schreibt mir die Dame ausführlich, dass eine Scheidung unbiblisch sei. Sie zitiert zahllose Bibelstellen und kommentiert diese mit ihrer ganz eigenen Sicht der Dinge. Zum Schluss ist ihr vernichtendes Urteil, das ich von Gott in die ewige Verdammnis geworfen werde.

Dies bedeutet allerdings, dass eine zukünftige Frau an meiner Seite dann mit mir diesen Weg gehen müsse. Da sie viel lieber ins Paradies möchte, bin ich wohl nicht der Richtige. Warum machen sich Menschen die Arbeit, ganze theologische Abhandlungen zu schreiben, obwohl vorab schon vorverurteilt wurde, damit klar ist, was dabei rauskommt? Ich bin froh, dass dies eher die Ausnahmen sind!

Zerstörung und Dystopie

Im Jahr 1965 wird der Song Eve of Destruction von Barry McGuire veröffentlicht. Ein Werk von apokalyptischer Dimension mit einer bleibenden Charakteristik des Düsteren. Es wird deshalb in die Kategorie der Dystopien eingeordnet. Dystopie – das Gegenteil einer Utopie, der Blick in eine Zukunft des Negativen. Im Jahr 2020 wird meine Ehe geschieden. Für mich eine Erfahrung des Düsteren, eine real gewordene Dystopie. Was an dem Tag im Amtsgericht passiert, erzeugt in mir traumatische Bilder.

Zunächst die Tatsache, dass hier rund siebenundzwanzig Jahre Ehe, nimmt man die gesamte gemeinsam Zeit zusammen sind es gar dreißig Jahre gemeinsamer Weg, in dreieinhalb Minuten verhandelt werden! Allein anhand dieser Zahl wird die Perversion eines solchen zerstörerischen Aktes zum realen Abgrund. Schon der Zugang zum Gerichtssaal macht nachdenklich. In einem Aushang die Liste der Ehen, die heute verhandelt, pardon zerstört werden. Jede Zeile eine Geschichte, jede Zeile zerplatze Träume, jede Zeile gebrochene Versprechen. Bis dass der Tod euch scheidet? Die Richterin ist nett. Sie wirkt in Ihrer

Performance steril wie eine hanseatische Oberkellnerin. Die Klageschrift wird verlesen, ich fühle mich im falschen Film. Wie unter einem Brennglas treiben sich zahlreiche Momente unserer Ehe in mein Gedächtnis. Mit welchem Recht verhandelt die Dame im Talar mein Leben? Und dann trocken wie Wüstenstaub die entscheidende Frage: Wollen Sie, dass die Ehe geschieden wird? In mir brüllt es laut wie nie zuvor - Nein – habe ich nie gewollt! Können sie mich denn vielleicht fragen, ob ich dem Ansinnen meiner Frau auf Trennung zustimme. Das mag ein marginaler Unterschied sein, für mich jedoch entscheidend.

Ich kann sie nicht mit Gewalt halten, also muss ich auch ohne meinen Willen zustimmen. Aber wollen? Die Frau kennt keine Gnade. Ich muss zum Ausdruck bringen etwas zu wollen, was ich nie gewollt habe. Das Gericht zwingt mich, unfassbar. Keine fünf Minuten und es ist vorbei. Ich muss an Barry McGuire denken wie er singt: *„Aber du sagst mir immer und immer und immer wieder mein Freund - du glaubst nicht, dass wir kurz vor der Zerstörung stehen"*. Doch, in dem Moment kann ich die Zerstörung spüren. Sie füllt meinen Körper, bis in die letzte Zelle. Alles kaputt - der Ausblick pure Dystopie. *„Ah, du glaubst nicht, dass wir kurz vor der Zerstörung stehen"*. Doch, jetzt glaube ich es, bin hellwach, schaue in den Abgrund.

Visionen

Dieses Buch habe ich bewusst „Zwischen Start und Ziel" genannt. Den zweiten Teil schreibe ich irgendwann im Seniorenheim. Aber wie geht es weiter? Von John Lennon stammt der Satz: „Leben ist das was passiert, während du andere Pläne machst". Pläne sind tragisch, sie können durchkreuzt werden. Dieses Durchkreuzen kann bedeuten: Es entsteht Neues, oder eben Zerstörung, mitunter gar völlig Unerwartetes.

Natürlich habe ich Visionen, die sind in meinem persönlichen Schatzkästchen und vielleicht kann ich die eine oder andere nochmal herausholen. Aber das ist nicht im Zentrum. Ich stelle mir heute an erster Stelle nicht mehr die Frage, was ich alles erleben will. Ich stelle mir die Frage mit wem? Mit welchem Menschen will ich alt werden. Diese Vision, dass es diesen Menschen tatsächlich gibt, die habe ich noch nicht aufgegeben. Auch wenn es wie eine kleinbürgerliche Phantasie ausgerichtet auf das Happy End klingt, von mir aus. Ich glaube daran, dass da draußen genau der Mensch rumläuft, mit dem ich alt werden will. In meiner ersten Lebenshälfte war enorm viel drin, mit Langeweile kann ich nicht dienen. Es entwickelte sich zum Teil ohne mein zutun.

Das Leben kommt durcheinander und sortiert sich neu. Mit wem? Und dann lese ich in einem Interview folgenden Satz: „Die großen Ereignisse unseres Lebens waren nicht geplant!" Dies zu einer Zeit, in der tatsächlich unerwartetes passiert. In dem ich den Wendungsreichtum meines Lebens spüre. In der ich mich tatsächlich wieder spüre. In der ich erfahre, dass die oben etwas abfällig erwähnte kleinbürgerliche Phantasie bei mir einzieht.

Und ich kann sagen sieht tut gut. Dieses Buch war für mich Erinnerung, Bewahrung, Freude und auch Therapie. Umso schöner, wenn ich zum jetzigen Zeitpunkt erlebe, dass die Therapie abgeschlossen ist. Das Neues entstehen kann, dass ich es zulasse, gar genieße. Das die Frage nach dem „mit wem" der dazugehörigen Antwort begegnet. Ich freue mich auf die zweite Hälfte zwischen Start und Ziel.

Anhang

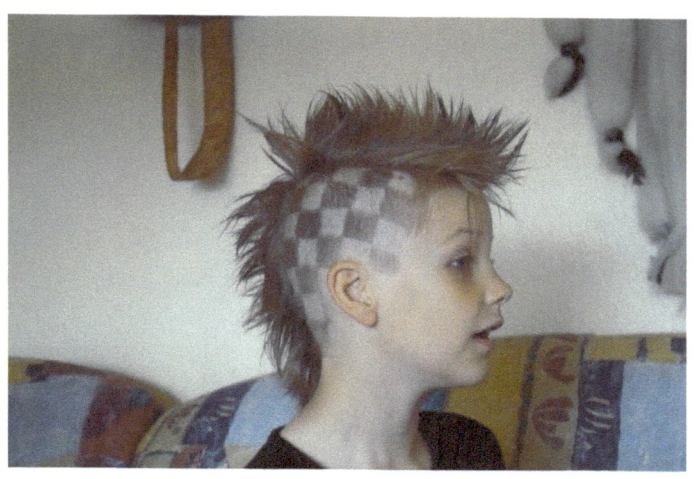

Zeitfracht Medien GmbH
Ferdinand-Jühlke-Straße 7
99095 Erfurt, Deutschland
produktsicherheit@kolibri360.de